# ENGLISCH

von
Petra Juling



**Hayit Verlag**
**1990**

# WO MAN ENGLISCH SPRICHT

**CIP-Titelaufnahme der Deutschen Bibliothek**

**Juling, Petra:**
Englisch / von Petra Juling. - Köln : Hayit, 1990
(Reisesprachführer)
ISBN 3-89210-250-3

1. Auflage 1990
ISBN 3-89210-250-3

Autorin: Petra Juling
Satz und Karte: Ulrich Berger-Juling Electronic Publishing, Bonn
Druck: PDC, Paderborn
Titelfoto: Britische Zentrale für Fremdenverkehr
Fotos: Britische Zentrale für Fremdenverkehr; K. Reinhard/Transglobe; Udo Siebig/Transglobe; Heike u. Andreas Stork
Illustrationen: Reinald Gerhards, Veronika Richter

# Zu diesem Buch

Wer ein Land bereist, dessen Sprache er nicht spricht, hat es manchmal schwer, sich verständlich zu machen. Dieser Reise-Sprachführer soll Ihnen dabei helfen, sich in Ihrem Reiseland auch sprachlich zurechtzufinden.

Am Anfang finden Sie einige Bemerkungen zur Aussprache und eine Kurzgrammatik. In diesen Abschnitten geht es weniger um wissenschaftliche Exaktheit als darum, Ihnen auf möglichst unkomplizierte Weise Zugang zu einer fremden Sprache zu verschaffen.

Nur die für die alltägliche Sprachpraxis allernotwendigsten Punkte werden hier angesprochen.

Der eigentliche Sprachführer ist in zehn Themenbereiche gegliedert: Die allerwichtigsten Dinge - seien es die grundlegenden Höflichkeitsfloskeln oder auch die Zahlen, Tage, Monate, die Uhrzeit und das Wetter sind als erstes aufgeführt.

Daran schließen sich Redewendungen und Wortlisten zu neun Situationen an, die dem Reisenden in jedem Land begegnen werden: vom Reisen mit den verschiedensten Verkehrsmitteln über Unterkunft und Essen und Trinken bis hin zum (hoffentlich unnötigen) Arztbesuch. Zu Beginn jedes Kapitels sind die einfachen Redewendungen für die entsprechende Situation aufgeführt, daran schließen sich jeweils alphabetisch geordnet Wortlisten an, die das schnelle Auffinden des gesuchten Begriffs erleichtern sollen. Dabei gehen wir in der Regel vom deutschen Begriff aus.

Auf jeder Seite dieses Sprachführers finden Sie drei Spalten: links der deutsche Begriff, rechts daneben der entsprechende Begriff in der Fremdsprache und schließlich ganz rechts, kursiv gesetzt, die Aussprache in vereinfachter Lautschrift. Ausnahme: die Speisekarte im Restaurant, denn sie ist ja meist nur in der Fremdsprache abgefaßt. Mit Hilfe unserer vereinfachten Lautschrift wird die Fremdsprache so einfach wie möglich wiedergegeben. Sie benötigen also keinerlei Vorkenntnisse.

Damit Sie die Vokabel, die Sie gerade dringend suchen, ohne viel blättern zu müssen, finden, haben wir zwei umfangreiche Wortverzeichnisse an den Schluß jedes Bandes gestellt: Alle wichtigen Begriffe, die in dem Band vorkommen, sind hier alphabetisch geordnet mit ihrer Übersetzung aufgeführt, einmal Deutsch - Fremdsprache und einmal Fremdsprache - Deutsch.

Wir hoffen, daß Ihnen dieser praktische Sprachführer eine sinnvolle Hilfe auf der Reise ist - und wünschen Ihnen gute Reise und einen angenehmen Aufenthalt!

Verlag und Redaktion

# INHALT

# Einiges Wissenswerte vorweg

## Aussprache

Die in diesem Sprachführer verwendete Lautschrift entspricht nicht dem in den üblichen Fremdsprachenlexika verwendeten Internationalen Phonetischen Alphabet. Es handelt sich um eine Lautschrift, die genauso wie jedes andere deutsche Wort ausgesprochen wird und daher keinerlei Vorkenntnisse erfordert, was das Erlernen von Fremdsprachen angeht.

Diejenigen Laute des Englischen jedoch, die es im Deutschen nicht gibt, oder zumindest nur in Fremdworten, werden mit Hilfe der entsprechenden Lautsymbole aus dem Internationalen Phonetischen Alphabet dargestellt. Die Anzahl dieser Symbole haben wir versucht so gering wie möglich zu halten. Es sind fürs Englische lediglich zwei: *ð* und *ʒ*. Hinzu kommt noch der Murmellaut *ə*, den es im Deutschen zwar durchaus gibt, der aber zur besseren Unterscheidung vom betonten *e* in der Lautschrift besonders gekennzeichnet ist.

Lang und gedehnt gesprochene Vokale sind in der Lautschrift mit einem dahintergesetzten Doppelpunkt gekennzeichnet. Alle anderen Vokale werden kurz gesprochen.

Wie die im Deutschen nicht vorkommenden Laute und alle anderen ausgesprochen werden, wird im folgenden erläutert. Daß sich durch unsere Methode grobe Vereinfachungen ergeben, mögen Sprachwissenschaftler und weit fortgeschrittene Sprecher des Englischen verzeihen.

### Übersicht über die Aussprache des Englischen

Die Schwierigkeiten der englischen Aussprache haben schon so manchen Schüler verzweifeln lassen. Schuld daran sind neben dem Lispellaut „th", der im Deutschen nicht vorkommt, vor allem die vielen Vokale und Diphthonge, also die Aufeinanderfolge mehrerer kurzer Vokale, z. B. *oi, ou, au, ai, äi.*

Ein und derselbe Buchstabe kann im Englischen sehr unterschiedlich ausgesprochen werden. Darin besteht eine der größten Schwierigkeiten der englischen Aussprache.

Hier nun die versprochene Übersicht: Links die Aussprache in der von uns benutzten Lautschrift und rechts die Möglichkeiten der Schreibung mit je einem Beispiel.

### Vokale/Diphthonge

| | | Schreibung | Beispiel | |
|---|---|---|---|---|
| *a* | „a“ wie im deutschen „Wasser“ | u | sun | *ßan* |
| | | o | son | *ßan* |
| | | a | after | *a:ftə* |
| | | au | aunt | *a:nt* |
| | | ou | tough | *taf* |
| *ä* | „ä“ wie im deutschen „Säge“ | a | hat | *hät* |
| *äi* | „ä“ gefolgt von einem kurzen „j“ | a | rate | *räit* |
| | | ei | eight | *äit* |
| | | ay | bay | *bäi* |
| *e* | „e“ wie im deutschen „Weg“ | e | never | *nevə* |
| | | ea | ready | *redi* |
| | | ai | said | *ßed* |
| *i* | „i“ wie im deutschen „hin“ | i | linen | *linən* |
| | | e | eleven | *ilevən* |
| | | ee | need | *ni:d* |
| | | ea | read | *ri:d* |
| *ə* | ein Murmellaut wie im Deutschen bei der Endung -er, z. B. in „immer“. Im Englischen besonders bei unbetonten „e“s und „a“s: z. B. das zweite „e“ in *never* und das „a“ in *arrive*: *nevə, əraiv* | | | |
| *ai* | „ei“ wie im deutschen „Ei“ | y | tyre | *taiə* |
| | | i | line | *lain* |
| | | ei | height | *hait* |
| *ö* | sehr viel offener und länger als das deutsche Ö, etwa wie in „mögen“. | ur | turn | *tön* |
| | | er | sterling | *ßtöling* |
| | | ear | earl | *öl* |
| | | ir | girl | *göl* |
| *o* | viel offener als im Deutschen, ähnlich wie in „ob“. | o | stop | *ßtop* |
| | | a | call | *ko:l* |
| | | au | laundry | *lo:ndri* |
| *u* | dumpfer als im Deutschen, mit gerundeten Lippen gesprochen | u | true | *tru* |
| | | oo | wool | *wu:l* |
| | | ou | could | *kud* |
| *ou* | ein Doppelvokal: offenes „o“, das sofort in ein „u“ übergeht | o | no | *nou* |
| | | oa | road | *roud* |
| | | ow | bowls | *bouls* |
| *uə* | wie im deutschen „nur“ | -ure | sure | *schuə* |
| *eə* | wie im deutschen „er“ | -ere | there | *ðeə* |
| | | -ear | bear | *beə* |

| | | | | |
|---|---|---|---|---|
| *äə* | das offene *ä* in Verbindung mit dem Murmellaut | -are | care | *käə* |
| *iə* | wie im deutschen „hier“ | -eer<br>-ier<br>-ere | beer<br>pier<br>here | *biə*<br>*piə*<br>*hiə* |
| *oi* | wie im Deutschen „neu“ | oi<br>oy | boiler<br>boy | *boilə*<br>*boi* |

***Konsonanten***

Die Buchstaben b, d, f, g, h, k, l, m, n, p und t werden meistens wie im Deutschen ausgesprochen. Unterschiede zum Deutschen ergeben sich bei der Aussprache folgender Buchstaben:

| | | Schreibung | Beispiel | |
|---|---|---|---|---|
| *dʒ* | „d“ plus weiches „sch“ wie in „Garage“ | g manchmal vor „e“ und „i“ | German<br>giant | *dʒömən*<br>*dʒaiənt* |
| | | dg | fridge | *fridʒ* |
| | | j | joke | *dʒouk* |
| *ʒ* | weiches „sch“ wie in Garage | die Endungen *-sure* und *-sion* | measure<br>collision | *meʒə*<br>*koliʒən* |
| *j* | wie in „Ja“ | y | year | *jiə* |
| *k* | wie in „kalt“ | k<br>c<br>ch<br>ck | make<br>cold<br>ache<br>pocket | *mäik*<br>*kould*<br>*äik*<br>*pokit* |
| *kj* | „k“, gefolgt von einem kurzen „j“ | qu | queue | *kju:* |
| *kw* | nicht wie in „Quelle“, sondern *w* in Richtung *u* mit gerundeten Lippen sprechen | qu | quiet | *kwaiət* |
| *r* | ein „Gaumen-R“, nicht gerollt und nicht gehaucht | r | road | *roud* |
| *ß* | das scharfe (stimmlose) „s“ wie in „Buße“ | s | sun | *ßan* |
| *sch* | wie in „Schiff“ | sh<br>ch<br>ti(on)<br>ss(ure) | fisher<br>machine<br>caution<br>pressure | *fischə*<br>*məschi:n*<br>*ko:schn*<br>*preschə* |
| *s* | weiches (stimmhaftes) „s“ wie in „sein“ | s<br>z | choose<br>zipper | *tschu:s*<br>*sipə* |

| | | | | |
|---|---|---|---|---|
| *tsch* | wie in „Matsch“ | tch<br>ch | match<br>chance | *mätsch*<br>*tscha:nß* |
| *ð* | ein Lispellaut, der im Deutschen als Sprachfehler gilt | th | this | *ði:ß* |
| *w* | eigentlich ein halber Vokal, zwischen u und w angesiedelt: man versuche, ein u zu sprechen, ohne die Lippen zu runden, dabei die Lippen nah beieinander lassen | w | water | *wo:tə* |
| *v* | wie das deutsche w in „Wasser“ | v | violet | *vaiəlet* |

## Das Alphabet

| | |
|---|---|
| A – *(äi)* | N – *(en)* |
| B – *(bi:)* | O – *(ou)* |
| C – *(ßi:)* | P – *(pi:)* |
| D – *(di:)* | Q – *(kju:)* |
| E – *(i:)* | R – *(ar)* |
| F – *(ef)* | S – *(eß)* |
| G – *(ʒi:)* | T – *(ti:)* |
| H – *(äitsch)* | U – *(ju:)* |
| I – *(ai)* | V – *(vi:)* |
| J – *(dʒäi)* | W – *(dablju)* |
| K – *(käi)* | X – *(ekß)* |
| L – *(el)* | Y – *(wai)* |
| M – *(em)* | Z – *(set)* |

## Kurzgrammatik

Besonders kompliziert ist die Grammatik des Englischen nicht. Dennoch soll auf einige grundsätzliche Dinge eingegangen werden.

### Die Wortarten

#### *Substantive (Hauptwörter)*

■ Geschlecht und Pluralbildung

Im Unterschied zum Deutschen gibt es nur ein grammatisches Geschlecht im Englischen und entsprechend nur je einen bestimmten und unbestimmten

Artikel für alle Substantive: der bestimmten Artikel *the* (= der, die, das) und den unbestimmten *a* bzw., falls das folgende Wort mit einem Vokal anlautet, *an* (= ein, eine, einer).

Die Pluralbildung ist ebenfalls sehr einfach: Es wird ein *-s* angehängt, Ausnahmen bestätigen allerdings die Regel.

Unregelmäßig sind die Pluralformen folgender häufiger Wörter:

*child – children* (Kind – Kinder)
*man – men* (Mann – Männer)
*woman – women* (Frau – Frauen)
*foot – feet* (Fuß – Füße)
*goose – geese* (Gans – Gänse)
*fish – fish* (Fisch – Fische)

Außerdem gibt es Worte, die immer im Plural stehen, wie *pincers* (Zange) oder *scissors* (Schere). Das zugehörige Verb muß in solchen Fällen im Plural stehen: *The scissors don't cut.* Bei Sammelbegriffen wie *police* oder *people* muß immer die Pluralform des Verbs benutzt werden. Es muß also heißen: *The police arrive.*

■ Kasus (die Fälle)

Nur ein Fall, nämlich der Genitiv, ist im Englischen durch eine abweichende Endung gekennzeichnet: Das Genitiv-s, wie es auch im Deutschen noch in Eigennamen gebräuchlich ist (z. B. „Herrn Hansens Haus"), kann im Englischen für alle Substantive angewandt werden:

*The man's house. The Queen's birthday. The chemist's shop.*

Bei Geschäftsbezeichnungen steht häufig schon der Genitiv allein als Substantiv. Man sagt z. B. *I go first to the chemist's (shop) and then to Harrods'.*

Normalerweise wird aber der Genitiv wie auch der Dativ heute durch Präpositionen ausgedrückt, und zwar für den Genitiv *of* (von) und für den Dativ *to* (zu). *The house of the man. = The man's house.*

Ohne den Artikel gibt der Genitiv mit *of* Mengen oder andere nähere Bestimmungen an, z. B. *a pot of tea* (eine Kanne Tee), *a cup of coffee* (eine Tasse Kaffee), *a glass of beer* (ein Glas Bier), *a fillet of plaice* (ein Schollenfilet).

Der Dativ mit oder ohne *to* ist möglich. Letzterer betont das Dativ-Objekt besonders stark.

*She handed her friend a cup of tea. = She handed a cup of tea to her friend.*

### Pronomina (Fürwörter)

Eine kurze Übersicht über die persönlichen Fürwörter und die entsprechenden besitzanzeigenden Fürwörter soll genügen:

| Nominativ | Genitiv | Dativ | Akkusativ |
|---|---|---|---|
| *who?* | whose? | to whom? | who/ whom? |
| (wer) | (wessen) | (wem) | (wen) |
| *I* | *mine* | *to me* | *me* |
| *you* | *yours* | *to you* | *you* |
| *he* | *his* | *to him* | *him* |
| *she* | *hers* | *to her* | *her* |
| *it* | *its* | *to it* | *it* |
| *we* | *ours* | *to us* | *us* |
| *you* | *yours* | *to you* | *you* |
| *they* | *theirs* | *to them* | *them* |

Beispiel:
mein Geld – my money
dein/Ihr Geld – your money
sein Geld – his money
ihr Geld – her money
unser Geld – our money
euer Geld – your money
ihr Geld (Plural) – their money

### *Steigerung der Adjektive*

Die Eigenschaftswörter oder Adjektive werden in der Regel ähnlich wie im Deutschen durch Anhängen der Endung *-er* und im Superlativ *-est* gesteigert.

Der Normalfall: *hard – harder – hardest*

Leider gibt es einige unregelmäßige Formen, z.B.:

*good – better – best* (gut – besser – am besten)

*bad – worse – worst* (schlecht – schlechter – am schlechtesten)

*many – more – most* (viel – mehr – am meisten)

Adjektive mit komplizierten, aus dem Lateinischen stammenden Endungen wie *expensive* werden nicht mit Endungen versehen. Man behilft sich mit einem vorgestellten *more* bzw. *most*:

*expensive – more expensive – most expensive* (teuer – teurer – am teuersten)

### *Konjugation der Verben – die wichtigsten Zeiten und Unregelmäßigkeiten*

Die Gegenwartsform englischer Verben trägt nur in der 3. Person Singular eine Endung: *-s*. In allen anderen Personen bleibt das Verb unverändert (d.h. wie der Infinitiv).

a r r i v e

*I/you arrive* (ich komme an/ du kommst an)

*he/she/it arrives* (er/ sie/ es kommt an)

*we/you/they arrive* (wir/ ihr/Sie/sie kommen an)

In der Vergangenheitsform ist es noch einfacher: In allen Personen endet das Verb mit *-(e)d*

*I/you/he/she/it/we/you/they arrived* (ich/du/er/sie/es/wir/ihr/sie kam(en) an)

Diese Vergangenheitsform kennzeichnet nur abgeschlossene Handlungen.

Nicht abgeschlossene oder noch nachwirkende Handlungen in der Vergangenheit werden im Perfekt wiedergegeben, das wie im Deutschen mit einer Form von haben *(have)* plus Partizip Perfekt gebildet wird. Das Partizip Perfekt ist in vielen Fällen identisch mit der Vergangenheitsform.

*I have (= I've) lost my suitcase. (Ich habe meinen Koffer verloren.)*

■ Unregelmäßige Verben

Die häufigsten Verben sind im Englischen leider auch die unregelmäßigsten: *to have, to do, to be, to go, to come* (*to* bezeichnet den Infinitiv.).

| | |
|---|---|
| t o g o ( g e h e n )<br>*I/you go*<br>*he/she/it goes*<br>*we/you/they go*<br><br>Vergangenheit<br>*I/you/he .../we/you/they went*<br><br>Part. Perf. *gone (I have gone)* | t o b e ( s e i n )<br>*I am*<br>*you are*<br>*he/she/it is*<br>*we/you/they are*<br>Vergangenheit<br>*I was*<br>*you were*<br>*he/she/it was*<br>*we/you/they were*<br>Part. Perf. *been (I have been)* |
| t o d o ( t u n )<br>*I do*<br>*you do*<br>*he/she/it does*<br>*we/you/they do*<br>Vergangenheit<br>*I/you/he .../we/you/they did*<br>Part. Perf. *done (I have done)* | t o h a v e ( h a b e n )<br>*I have*<br>*you have*<br>*he/she/it has*<br>*we/you/they have*<br>Vergangenheit<br>*I/you/he .../we/you/they had*<br>Part. Perf. *had (I have had)* |

Eine Auswahl von 28 anderen häufigen unregelmäßigen Verben:

| Infinitiv | Vergangenheit | Partizip Perfekt | Übersetzung |
|---|---|---|---|
| *become* | *became* | *become* | werden |
| *begin* | *began* | *begun* | anfangen |
| *buy* | *bought* | *bought* | kaufen |
| *come* | *came* | *come* | kommen |
| *cost* | *cost* | *cost* | kosten |
| *drink* | *drank* | *drunk* | trinken |
| *drive* | *drove* | *driven* | fahren (Auto) |
| *eat* | *ate* | *eaten* | essen |
| *feel* | *felt* | *felt* | fühlen |
| *forget* | *forgot* | *forgotten* | vergessen |
| *get* | *got* | *got* | bekommen |
| *give* | *gave* | *given* | gegeben |
| *hear* | *heard* | *heard* | hören |
| *know* | *knew* | *known* | wissen, kennen |
| *leave* | *left* | *left* | (hinter-, ver-)lassen |
| *lose* | *lost* | *lost* | verlieren |
| *make* | *made* | *made* | machen, schaffen |
| *meet* | *met* | *met* | treffen |
| *pay* | *paid* | *paid* | bezahlen |
| *put* | *put* | *put* | setzen, stellen, legen |
| *see* | *saw* | *seen* | sehen |
| *sell* | *sold* | *sold* | verkaufen |
| *sit* | *sat* | *sat* | sitzen |
| *speak* | *spoke* | *spoken* | sprechen, reden |
| *stand* | *stood* | *stood* | stehen |
| *take* | *took* | *taken* | nehmen |
| *tell* | *told* | *told* | erzählen |
| *think* | *thought* | *thought* | denken, meinen |

Hinzu kommen einige Hilfsverben, die man für die Höflichkeitsformen braucht:

können – *can* (Präsens), *could* (Präteritum), *has/have been able to*

müssen – *must* (Präsens), *had to* (Präteritum), *has/have had to*

dürfen – *may, might, has/have been allowed to*

nicht dürfen – *must not*

„Könnte, würde, sollte" sind Formen des Konditionals, die man der Höflichkeit zuliebe kennen sollte. Sie lauten für alle Personen gleich:

*could/ would/ should*

**Die Satzarten**

***Frage***

Fragesätze werden im Englischen immer mit einer Form des Verbs *to do* gebildet – Ausnahmen sind nur Sätze mit Hilfsverben (also z. B. *to have, to be, must* usw.)

*He travels by bus.* – Er reist mit dem Bus.
*Does he travel by bus?* – Reist er mit dem Bus?
*He has travelled by bus.* – Er ist mit dem Bus gereist.
*Has he travelled by bus?* – Ist er mit dem Bus gereist?
*Could I travel by bus?* – Könnte ich mit dem Bus reisen?

***Aussage***

Die normale Wortstellung im Aussagesatz ist im Deutschen wie im Englischen:

| | | |
|---|---|---|
| Subjekt | Prädikat | Objekt. |
| *He* | *drives* | *a bus.* |
| Er | fährt | einen Bus. |

Unterschiedlich ist allerdings die Stellung von Adverbien wie Zeit- und Ortsangaben usw. Sie stehen im Englischen entweder am Anfang oder am Ende, ohne daß die Wortfolge S-P-O verändert wird:
*Today he drives a bus. – He drives a bus today.*
(Heute er fährt einen Bus. – Er fährt einen Bus heute.)

Im Deutschen tauschen in solchen Fällen Subjekt und Prädikat die Plätze: „Heute fährt er einen Bus."

# Das Wichtigste in Kürze

Auf den folgenden Seiten finden Sie die wichtigsten Floskeln, die für ein einfaches Gespräch nötig sind. Dazu kommen einige wichtige Worte, die man immer wieder braucht: Zeitangaben, die Zahlen, die Farben und schließlich auch alle Begriffe, die man benötigt, um den Wetterbericht zu verstehen.

| | | |
|---|---|---|
| Ja | yes | *jeß* |
| Nein | no | *nou* |

## Begrüßung

„Guten Tag" gibt es nicht. Es wird variiert je nach Tageszeit:

| | | |
|---|---|---|
| Guten Morgen | good morning | *gud mo:ning* |
| „Guten Nachmittag" | good afternoon | *gud aftənu:n* |
| Guten Abend | good evening | *gud i:vəning* |
| Gute Nacht | good night | *gud nait* |
| Hallo (familiär) | hello | *helou* |
| Herr/Frau/Fräulein | Mr/Mrs/Miss | *mißtə/mißəß/miß* |

## Vorstellen

| | | |
|---|---|---|
| Mein Name ist/Ich heiße ... | My name is ... | *mai näim is ...* |
| Ich komme aus ... | I come from ... | *ai kam from ...* |
| Wie ist Ihr Name, bitte? | What's your name, please? | *wots jo: näim pli:s?* |
| Wir haben telefoniert. | We phoned/we called you. | *wi found/wi ko:ld ju.* |
| Wir haben reserviert. | We have made a reservation. | *wi häv mäid ə resəväischn.* |

## Geben und Nehmen

| | | |
|---|---|---|
| Entschuldigen Sie bitte, können Sie mir sagen ...? | Excuse me, could you please tell me ...? | *ikßkju:s mi, kud ju pli:s tel mi ...?* |

| | | |
|---|---|---|
| Ich möchte bitte ... | I would like to ... | *ai wəd laik tu ...* |
| Ich hätte gerne ... | I would like to have ... | *ai wəd laik tu häv ...* |
| Ich brauche. | I need. | *ai ni:d.* |
| Bitte geben Sie mir ... | Please give me ... | *pli:s giv mi ...* |
| Ja bitte. | Yes, please. | *jeß pli:s.* |
| Nein danke. | No, thank you. | *nou ðänk ju.* |
| Auf gar keinen Fall. | Not at all. | *not ät o:l.* |
| Ich möchte nicht ... | I don't want to ... | *ai dount wont tu ...* |
| Ich habe keine Lust mehr. | I don't feel like it any more. | *ai dount fi:l laik it äni mo:.* |
| Das gefällt mir. | I like it. | *ai laik it.* |
| Das gefällt mir nicht. | I don't like it. | *ai dount laik it.* |
| Am liebsten wäre mir ... | I would prefer ... | *ai wud prifö: ...* |
| lieber ... als | rather than | *raðə ðən* |
| Danke | Thank you/thanks | *ðänk ju/ðänkß* |
| Bitte sehr (wenn man etwas überreicht) | Here you are | *hiə ju a:* |
| Keine Ursache/Gern geschehen | never mind/you're welcome | *nevə maind/juə welkam* |

## Etwas Smalltalk

| | | |
|---|---|---|
| Nett, Sie kennenzulernen. | Nice to meet you. | *naiß tu mi:t ju.* |
| Wie geht es Ihnen? | How are you?/How do you do? | *hau a:ju?/haudujudu?* |
| Sprechen Sie deutsch? | Do you speak German? | *du ju ßpi:k dʒömən?* |
| Ich spreche nur wenig englisch. | I don't speak very much English. | *ai dount ßpi:k veri matsch inglisch.* |
| Können Sie bitte langsamer sprechen? | Could you please speak more slowly? | *kud ju pli:s ßpi:k mo: slouli?* |
| Woher kommen Sie? | Where do you come from? | *weə du ju kam from?* |
| Wie lange bleiben Sie? | How long will you stay? | *hau long wil ju ßtäi?* |
| Kennen Sie die Gegend gut? | Do you know the region well? | *du ju nou ðə ri:dʒən wel?* |

| | | |
|---|---|---|
| Machen Sie hier Ferien? | Do you spend your holidays here? | *du ju ßpend juə holidäis hiə?* |
| Sind Sie geschäftlich unterwegs? | Are you here on business? | *a: ju hiə on bisnəß?* |
| Wohnen Sie hier? | Do you live here? | *du ju liv hiə?* |
| Wohin fahren Sie in den Ferien? | Where do you go for your holidays? | *weə du ju gou fo: jo: holidäis?* |
| Wie lange wohnen Sie schon hier? | How long have you been living here? | *hau long häv ju bin living hiə?* |
| Können Sie uns einen Ausflug/eine Sehenswürdigkeit empfehlen? | Can you recommend any special trip/sight to us? | *kän ju rikomend äni ßpeschəl trip/ßait tu as?* |
| Ich komme aus ... | I come from ... | *ai kam from ...* |
| Waren Sie schon einmal in Deutschland/Österreich /der Schweiz? | Have you ever been to Germany/ Austria/ Switzerland? | *häv ju evə bin tu dʒöməni/ o:ßtriə/ ßwitßəländ?* |

*Farbenfrohe Attraktion in London: die Horseguards*

| | | |
|---|---|---|
| Kennen Sie Deutschland/Österreich/die Schweiz? | Do you know Germany/ Austria/ Switzerland? | *du ju nou dʒömənil o:ßtriəl ßwitßəländ?* |
| Ich verstehe nicht. | I don't understand. | *ai dount anderßtänd.* |
| Können Sie mir das Wort ... erklären? | Could you explain the word ... to me? | *kud ju ikßpläin ðə wöd ... tu mi?* |
| Was ist das? | What is this? | *wot is ðiß?* |
| Wie nennt man diesen Gegenstand? | What do you call this? | *wot du ju ko:l ðiß?* |
| Ich bin ... Jahre alt. | I am ... years old. | *ai äm ... jiəs ould.* |
| mein Mann/meine Frau/meine Kinder/ meine Eltern | my husband/wife/children/parents | *mai hasbənd/waif/tschildrən/pärəntß* |
| mein Freund/meine Freundin (= Lebensgefährte/in) | my boyfriend/girlfriend | *mai boifrend/gölfrend* |
| Schwester/Bruder | sister/brother | *ßißtə/braðə* |
| Nett, Sie getroffen zu haben. | Nice to have met you. | *naiß tu häv met ju.* |
| Vielleicht treffen wir uns einmal wieder. | Perhaps we meet again/We may meet again. | *pöhäpß wi mi:t əgen./wi mäi mi:t əgen.* |
| Machen Sie es gut. | Have a nice time./ Take care. | *häv ə naiß taim./täik käə.* |
| Ich habe Hunger/Durst. | I am hungry/thirsty. | *ai äm hangri/ðö:ßti.* |
| Prost/Zum Wohl! | Cheers! | *tschi:əs* |
| Guten Appetit! | Enjoy your meal!/Have a nice meal! | *indʒoi juə mi:l!/ Häv ə naiß mi:l!* |
| Ich bin satt. | I have had enough. | *ai häv häd inaf.* |
| schön/häßlich | beautiful/ugly | *bjutiful/agli* |
| nett/unfreundlich (von Menschen) | nice, kind/sulky | *naiß, kaind/salki* |
| interessant/langweilig | interesting/boring | *intreßting/bo:ring* |

## Verabschiedung

| | | |
|---|---|---|
| Auf wiedersehen | Goodbye/ bye | *gudbai/ bai* |
| Tschüß (familiär) | Bye bye/ Cheerio | *bai bai/tschi:riou* |
| Bis bald | see you/so long (Am.) | *si: ju/ßou long* |

| | | |
|---|---|---|
| Bis (nächsten) Montag, usw. | until/till (next) monday | *antil/til (nekst) mandi* |

## Entschuldigung

| | | |
|---|---|---|
| Verzeihung, es tut mir leid. | Excuse me, I'm sorry. | *ikskju:s mi, aim sorri.* |
| Entschuldigung. | Pardon/ I beg your pardon. | *pa:dən/ai beg juə pa:dən.* |

## Zahlen, Maße und Gewichte

Die Zahlen von 1 bis 1000 und einige mehr:

| | | |
|---|---|---|
| 1 | one | *wan* |
| 2 | two | *tu* |
| 3 | three | *ðri:* |
| 4 | four | *fo:* |
| 5 | five | *faiv* |
| 6 | six | *ßikß* |
| 7 | seven | *ßeven* |
| 8 | eight | *äit* |
| 9 | nine | *nain* |
| 10 | ten | *ten* |
| 11 | eleven | *ilevən* |
| 12 | twelve | *twelv* |
| 13 | thirteen | *ðöti:n* |
| 14 | fourteen | *fo:ti:n* |
| 15 | fifteen | *fifti:n* |
| 16 | sixteen | *ßikßti:n* |
| 17 | seventeen | *ßeventi:n* |
| 18 | eighteen | *äiti:n* |
| 19 | nineteen | *nainti:n* |
| 20 | twenty | *twenti* |
| 21 | twenty-one | *twenti-wan* |
| 22 | twenty-two | *twenti-tu* |
| (usw.) | | |
| 30 | thirty | *ðö:ti* |
| 40 | forty | *fo:ti* |

| | | |
|---|---|---|
| 50 | fifty | *fifti* |
| 60 | sixty | *ßikßti* |
| 70 | seventy | *ßeventi* |
| 80 | eighty | *äiti* |
| 90 | ninety | *nainti* |
| 100 | one hundred | *wan handred* |
| 101 | a hundred and one | *ə handred änd wan* |
| etc. | | |
| 200 | two hundred | *tu handred* |
| 1 000 | one/a thousand | *wan/ə ðausənd* |
| 1 000 000 | one million | *wan miljən* |
| 1 000 000 000 | a thousand million (Brit.)/one billion (Am.) | *ə ðausənd miljən/wan bil-jən* |
| Für Interessierte: | | |
| 1 000 000 000 000 | a billion (Brit.)/ a trillion (Am.) | *ə biljən/ə triljən* |

**Weitere Zahlwörter**

| | | |
|---|---|---|
| 1st | the first | *ðə fö:ßt* |
| 2nd | the second | *ðə ßekənd* |
| 3rd | the third | *ðə ðöd* |
| 4th | the fourth | *ðə fo:ð* |
| 5th | fifth | *fifð* |
| 6th | sixth | *ßikß* |
| usw. | | |
| 20th | twentieth | *twentiəð* |
| 30th | thirtieth | *ðötiəð* |
| einmal | once | *wanß* |
| zweimal | twice/two times | *twaiß/tu: taims* |
| dreimal | three times | *ðri: taims* |

**Maße und Gewichte (mit Abkürzungen)**

| | | |
|---|---|---|
| Gramm | gram (gr) | *gräm* |
| Kilo | kilogram (kg) | *kilougräm* |
| Liter | litre (l) | *litər* |
| Pfund | pound (lb) | *paund* |
| Zentimeter | centimetre (cm) | *ßentimitər* |

| | | |
|---|---|---|
| Meter | metre (m) | *mi:tər* |
| Kilometer | kilometre (km) | *kilomi:tər* |
| Dutzend | dozen | *dasn* |

**Mit zweierlei Maß gemessen**

Was Maße und Gewichte angeht, beharren die Briten wie die Amerikaner noch immer auf ihren traditionellen Einheiten. Damit machen sie es ihren Besuchern von außerhalb nicht gerade leicht: Der Autofahrer z. B. muß von Meilen auf Kilometer umrechnen – auch bei Geschwindigkeitsbegrenzungen. Sonst kann es teuer werden.

Die folgende Tabelle hilft, die Übersicht zu behalten:

| km | Meilen | Meilen | km |
|---|---|---|---|
| 1 km | 0,62 miles | 1 mile | 1,61 km |
| 2 km | 1,24 miles | 2 miles | 3,22 km |
| 3 km | 1,86 miles | 3 miles | 4,83 km |
| 4 km | 2,49 miles | 4 miles | 6,44 km |
| 5 km | 3,11 miles | 5 miles | 8,05 km |
| 6 km | 3,73 miles | 6 miles | 9,66 km |
| 7 km | 4,35 miles | 7 miles | 11,27 km |
| 8 km | 4,97 miles | 8 miles | 12,88 km |
| 9 km | 5,59 miles | 9 miles | 14,48 km |
| 10 km | 6,21 miles | 10 miles | 16,09 km |

Die Werte sind auf zwei Stellen hinter dem Komma abgerundet.

Die Längenmaße im einzelnen:

1 mile (*mail*) = 1,60934 km. Faustregel: 5 Meilen entsprechen 8 km.

1 yard (yd.) (*ja:d*) = 0,9144 cm

1 foot (Pl.: feet; ft.) (*fut/fi:t*) = 0,3048 cm

1 inch (in.) (*intsch*) = 2,54 cm. Faustregel: 4 Inch sind 10 cm.

***Die Hohlmaße***

Bier wird in *Pint* bestellt, Benzin in *Gallons* getankt:

1 fluid ounce (fl. oz.) (*fluid auns*)= 0,284 dl (Am.: 0,296 dl)

1 pint (*paint*) = 0,568 l (Am.: 0,473 l)

1 quart (qt.) (*kwo:t*) = 1,136 l (Am.: 0,946 l)

1 gallon (gal.) (*gälən*) = 4,546 l (Am.: 3,785 l)

Die Umrechnungstabelle für Gallonen kann für Autofahrer beim Tanken wichtig sein:

| Gallonen | Liter/Gal. in GB | ... in USA/Kanada |
|---|---|---|
| 1 gal | 4,55 l | 3,78 l |
| 2 gal | 9,02 l | 7,56 l |
| 3 gal | 13,64 l | 11,34 l |
| 4 gal | 18,18 l | 15,12 l |
| 5 gal | 22,73 l | 18,90 l |
| 6 gal | 27,28 l | 22,68 l |
| 7 gal | 31,82 l | 26,46 l |
| 8 gal | 36,37 l | 30,24 l |
| 9 gal | 40,91 l | 34,02 l |

***Die Gewichte***

Sein Körpergewicht gibt man in *Stone* an, auf dem Markt kommt man dagegen mit *Pound* aus:

1 ounce (oz.) (*auns*) = 28,35 g

1 pound (lb.) (*paund*) = 0,454 kg

1 stone (*ßtoun*) = 6,35 kg

***Landes-Währung***

■ Großbritannien:

1 £ (pound sterling, englisches Pfund) = 100 p (pence, pennies)

Auf manchen Schildern findet man noch die veraltete Abkürzung *d* für pennies.

■ Irland: In Irland gilt das irische punt = 100 p (pence)

## Zeit und Uhrzeit

| | | |
|---|---|---|
| Wie spät ist es? | What's the time? | *wotß ðə taim?* |
| Es ist ein/ zwei Uhr. | It is one/ two o'clock. | *itß wan/ tu əklok.* |

| | | |
|---|---|---|
| Es ist halb eins/ zwei. | It is half past twelve/one | *itß ha:f pa:st twelv/wan.* |

Achtung irisches Englisch: half twelve = 12.30 Uhr

| | | |
|---|---|---|
| Es ist viertel vor ... | It is a quarter to ... | *itß ə kwo:tə tu ...* |
| Es ist viertel nach ... | It is a quarter past ... | *itß ə kwo:tər pa:ßt ...* |
| Es ist drei Minuten vor ... | It is three minutes to ... | *itß ðri: minətß tu ...* |
| Es ist drei Minuten nach ... | It is three minutes past ... | *itß ðr: minətß pa:st ...* |
| Nachmittag | afternoon | *aftənu:n* |
| nachmittags | in the afternoon | *in ði aftənu:n* |
| Vormittag | morning | *mo:ning* |
| vormittags | in the morning | *in ðe mo:ning* |
| Mittag | noon/ lunchtime | *nu:n/lantschtaim* |
| mittags | at noon | *ät nu:n* |
| Abend | evening | *ivəning* |
| abends | in the evening | *in ði ivəning* |
| Nacht | night | *nait* |
| nachts | at night | *ät nait* |
| den ganzen Tag lang | all day long | *o:l däi long* |
| tagsüber | during the day | *djuring ðə däi.* |
| gestern | yesterday | *jeßtərdäi* |
| heute | today | *tudäi* |
| morgen | tomorrow | *tumoro* |
| übermorgen | the day after tomorrow | *ðə däi aftər tum:oro* |
| heute morgen | this morning | *ðiß mo:ning* |
| heute abend | tonight | *tunait* |
| morgen abend | tomorrow evening | *tumoro ivəning* |
| diese Woche | this Woche | *ðiß wi:k* |
| nächste week | next week | *nekßt wi:k* |

## Das Jahr, die Monate und die Woche

| | | |
|---|---|---|
| Jahr | year | *jiə(r)* |
| Frühjahr | spring | *ßpring* |
| Sommer | summer | *ßamə* |
| Herbst | autumn (Brit.)/fall (Am.) | *o:təm/fo:l* |

| | | |
|---|---|---|
| Winter | winter | *wintər* |
| Januar | January | *dʒänjuəri* |
| Februar | February | *februəri* |
| März | March | *ma:tsch* |
| April | April | *äipril* |
| Mai | May | *mäi* |
| Juni | June | *dʒu:n* |
| Juli | July | *dʒulai* |
| August | August | *o:gəßt* |
| September | September | *ßeptembə* |
| Oktober | October | *oktoubə* |
| November | November | *nouvembə* |
| Dezember | December | *dißembə* |
| Woche | week | *wi:k* |
| Montag | Monday | *mandi* |
| Dienstag | Tuesday | *tjusdi* |
| Mittwoch | Wednesday | *wedənsdi* |
| Donnerstag | Thursday | *ðösdi* |
| Freitag | Friday | *fraidi* |
| Samstag/Sonnabend | Saturday | *ßätədi* |
| Sonntag | Sunday | *ßandi* |
| Feiertag | holiday | *holidäi* |
| Silvester | New Year's Eve | *nujiəsi:v* |
| Neujahr | New Year | *nujiə* |
| Karneval | Carnival | *ka:nəvəl* |
| Karfreitag | Good Friday | *gud fraidi* |
| Ostern | Easter | *i:ßtə* |
| Pfingsten | Whitsun | *witsən* |
| Weihnachten | Christmas, X-mas | *krißməß* |

### *Wie gibt man das Datum an?*

| | | |
|---|---|---|
| Montag, den 23. Oktober 1989 | Monday, the 23rd October 1989 | *mandi, ðə twentiðöd ov oktoubə nainti:n handred äitinain* |

**Feiertage in Großbritannien**

> **i** Außer an Neujahr, Karfreitag und Ostermontag bleiben die Geschäfte in der Regel an folgenden Feiertagen geschlossen:
> letzter Montag im Mai (Spring Bank Holiday), letzter Montag im August (Summer Bank Holiday), 1. Weihnachtstag (Christmas Day), 2. Weihnachtstag (Boxing Day)
> Sonderregeln gelten für Schottland

***Wichtige Abkürzungen***

A.A. = Automobile Association
AC = alternating current = Wechselstrom
AD = Anno Domini = n. Chr.
a.m. = ante meridiem = vormittags
B & B = Bed and Breakfast = Zimmer mit Frühstück
B.C. = before Christ = v. Chr.
BH = Bank Holidays
cf. = confer = siehe
chw. = constant hot water
c/o = care of
Co. = Company
cwt. = hundredweight = Zentner
d = pence (→ Währung)
Dept. = department = Abteilung
DIY = do it yourself
EEC = European Economic Community = EG
e.g. = exemplum gratum = z. B.
etc. = etcetera = usw.
F = Fahrenheit
ft. = foot/feet = Fuß (→ Maße und Gewichte)
GB = Great Britain
GMT = Greenwich Mean Time = Westeuropäische Zeit
GPO = General Post Office = Hauptpostamt
gr = gram = Gramm (→ Maße und Gewichte)
h = hour = Stunde
h & c = hot and cold water = fließend warmes und kaltes Wasser
HMS = Her Majesty's Ship = Schiff Ihrer Majestät

HMSO = Her Majesty's Stationery Office = offizielle Druckerei des Staates
lb = pound = Pfund (→ Maße und Gewichte)
Ltd. = Limited = mbH = mit beschränkter Haftung
mph = miles per hour = Meilen pro Stunde
Mt. = mount = Berg
no. = number = Nummer
nr. = near = bei
NZ = New Zealand = Neuseeland
OAP = old age pensioner = Rentner
oz. = ounce = Unze (→ Maße und Gewichte)
p = pence (→ Währung)
p.c. = per cent = Prozent
p.m. = post meridiem = nachmittags
VAT = value added tax (Mehrwertsteuer)
qt = quart (→ Maße und Gewichte)
q.v. = quod vide = siehe
R.A.C. = Royal Automobile Club
RAF = Royal Air Force = Britische Luftstreitkräfte
s.a.e. = stamped addressed envelope = frankierte und adressierter Umschlag
Sq. = square = Platz
St. = Saint = Sankt
St. = street = Straße
Sta. = station = Bahnhof
YHA = Youth Hostel Association
YMCA = Young Men's Christian Association = CVJM
YWCA = Young Women's Christian Association = CVJF
yd. = yard (→ Maße und Gewichte)
Yd. = Yard = Hof
UK = United Kingdom = Vereinigtes Königreich (Großbritannien)
C.I. = Channel Islands

## Farben

| | | |
|---|---|---|
| beige | beige | *bäiʒ* |
| blau | blue | *blu:* |
| braun | brown | *braun* |

| | | |
|---|---|---|
| dunkel | dark | *da:k* |
| gelb | yellow | *jelou* |
| grau | grey, gray | *gräi* |
| grün | green | *gri:n* |
| hell | light | *lait* |
| lila | lilac | *lailək* |
| orange | orange | *orindʒ* |
| rosa | pink | *pink* |
| rot | red | *red* |
| schwarz | black | *bläk* |
| weiß | white | *wait* |
| bunt | coloured | *kaləd* |
| kariert | chequered | *tschekəd* |
| gestreift | striped | *straipd* |
| mit Punkten | dotted | *dotəd* |
| farbig | coloured | *kaləd* |

## Das Wetter

| | | |
|---|---|---|
| Wetterbericht | weather forecast | *weðə fo:ka:ßt* |
| Heute ist schönes/ schlechtes Wetter. | The weather is fine/bad today. | *ðə weðə is fain/bäd tudäi.* |
| Es soll besser/schlechter werden. | It is going to be better/worse. | *itß gouing tu bi betə/wö:ß.* |
| Warm/kalt | warm/cold | *wo:m/kould* |
| Sonne/Regen | sun/rain | *ßan/räin* |
| Schnee/Graupel/Niesel | snow/sleet/drizzle | *ßnou/ßli:t/drısl* |
| Nebel | fog | *fo:g* |
| Dunst | haze | *häis* |
| starker/schwacher Wind | strong/moderate wind | *ßtrong/modərə wind* |
| Norden/Süden/ Osten/ Westen | north/south/east/west | *no:ð/ßauð/i:ßt/weßt* |
| Sturm/Gewitter | storm/thunderstorm | *ßto:m/ðandəßto:m* |
| bedeckt/heiter | cloudy/sunny | *klaudi/ßani* |
| sonnige Abschnitte | sunny spells | *ßani ßpels* |
| Kalt/Warmfront | cold/warm front | *kould/wo:m front* |

| | | |
|---|---|---|
| Hoch/Tiefdruckgebiet | ridge of high/low pressure | *ridʒ of hai/lou preschə* |
| wechselhaft | changeable | *tschäindʒəbl* |
| Ebbe/Flut | low tide/high tide | *lou taid/hai taid* |
| Springflut | springtide | *ßpringtaid* |
| Temperaturen | temperatures | *temprətschəs* |
| Grad | degree | *digri:* |
| Grad Celsius | centigrade | *ßentigräid* |

Nicht nur Maße und Gewichte, auch die Temperaturen messen die Angelsachsen etwas anders als wir. Erschrecken Sie also nicht, wenn im Wetterbericht für den folgenden Tag Temperaturen von *60 degrees* angekündigt werden – in Fahrenheit. Das entspricht auch nur 15-16 Grad Celsius *(centigrade)*.

Die Umrechnungsformel von Grad Celsius in Fahrenheit: Man multipliziere mit 9, teile durch 5 und zähle 32 hinzu.

Die Umrechnungsformel von Fahrenheit in Celsius-Grade: man ziehe 32 ab, multipliziere mit 5 und teile durch 9.

## Kurzknigge

### Ein *handshake* zur Begrüßung ?

Daß man sich auf den Britischen Inseln beim ersten Kennelernen nicht gleich kräftig die Hände schüttelt und auf die Schulter klopft, hat sich mittlerweile herumgesprochen. Ganz anders verhält man sich jenseits des Großen Teichs: Ein *handshake* gehört in den USA auf jeden Fall zur Begrüßung. Aber er ist Männersache, Damen verzichten aufs Händeschütteln.

### Umgangsformen

Das Schlangestehen ist in Großbritannien keine Not, sondern eine Tugend. An der Bushaltestelle stellt man sich am besten brav in die Reihe, und stürmt nicht sofort in den Bus, wenn er hält.

Es handelt sich weniger um einen Ausdruck britischer Herzlichkeit als um eine Standard-Redewendung, wenn man im Laden mit *love* oder *dear* tituliert wird, etwa auf die Frage *How much are the postcards?*. Antwort: *They're five p each, love.* Es sind übrigens vorzugsweise ältere Damen, die diese Formulierungen verwenden.

# Reise und Fortbewegung

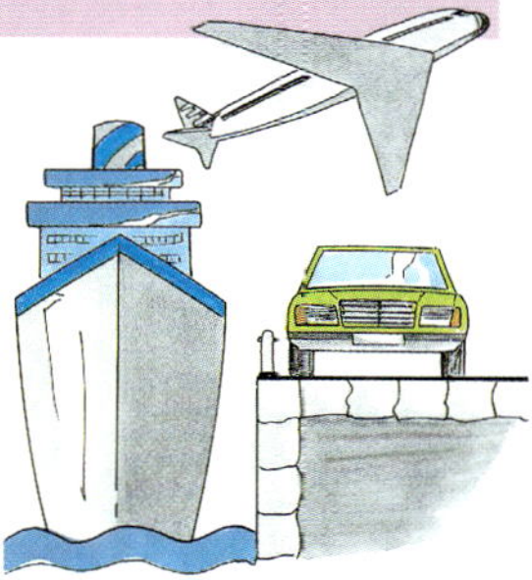

## Mit dem Auto

Das Linksfahren in Großbritannien stellt besondere Anforderungen an den Autofahrer. Ein paar Tips:

- unbedingt vor der Reise einen rechten Rückblickspiegel anbringen lassen, falls man ihn noch nicht hat
- nach einer Rast nicht sofort losbrausen, sondern vorsichtig wieder in den Linksverkehr einfädeln
- die Scheinwerfer anders einstellen lassen, damit entgegenkommende Fahrzeuge nicht geblendet werden
- besondere Vorsicht beim Rechtsabbiegen an Kreuzungen walten lassen
- Kreuzungen sind in Großbritannien oft durch *roundabouts* (Kreisel) entschärft. Im Kreisverkehr hat in der Regel derjenige Vorfahrt, der von rechts kommt, d. h. der im Kreisverkehr fahrende.

### Wege und Straßen

| | | |
|---|---|---|
| Autobahn | motorway | *moutəwäi* |
| Schnellstraße | main road | *mäin roud* |
| einspurig | with one lane | *wið wan läin* |
| zweispurig | with two lanes | *wið tu läins* |
| vierspurig | double carriageway | *dabl käriadʒwäi* |
| Straße | road | *roud* |
| (Feld-)Weg | track | *träk* |
| (un)geteert | (un)surfaced | *anßöfəßt* |
| Piste | track | *träk* |
| Gegenverkehr | oncoming traffic | *onkaming träfik* |
| Einbahnstraße | one-way | *wan wäi* |
| Kreisverkehr | roundabout | *raundəbaut* |
| Umweg | detour | *dituə* |

### „Wie komme ich nach ...?"

| | | |
|---|---|---|
| Entschuldigen Sie, wir haben eine Frage. | Excuse me, we have got a question. | *ikßkju:s mi wif gotə kweßtschən* |

| | | |
|---|---|---|
| Wir wollen nach ... | We would like to get to ... | *wid laiktu getu ...* |
| Führt diese Straße nach ... | Is this the road to ... | *isðiß ðə roud tu ...* |
| Wie kommen wir nach ...? | How do we get to ...? | *hau du wi get tu ...* |
| Sie müssen umkehren. | You have to return. | *ju häv tu ritö:n* |
| Das ist die falsche Straße. | This is the wrong way. | *ðiß is ðə rong wäi* |
| Sie sind hier richtig. | You are on the right way. | *ju a: on ðə rait wäi.* |
| Wie weit ist es ungefähr? | About how far is it? | *əbaut hau fa: is it?* |
| Können Sie es uns auf der Karte zeigen? | Could you show it to us on the map? | *kud ju schou it tu as on ðə mäp?* |
| Können Sie etwas langsamer sprechen? | Could you speak more slowly? | *kud ju ßpi:k mo: ßlouli?* |
| Bitte wiederholen Sie/Bitte noch einmal | Could you repeat it?/Once more, please. | *kud ju ripi:t it?/wanß mo: pli:s.* |
| Ich habe nicht verstanden. | I did not understand. | *ai did not andəßtänd.* |
| rechts | right | *rait* |
| links | left | *left* |
| geradeaus | straight on | *ßträit on* |
| nach 500 m | after 500 metres | *aftə faivhandrəd mitəs* |
| Kreuzung | junction/cross-roads | *dʒanktschn/kroßrouds* |
| Ampel | traffic light | *träfik lait* |
| Kurve | bend | *bend* |
| (nicht) weit | (not) far | *(not) fa:* |
| nah | near | *niə* |

**Die wichtigsten Straßenschilder**

| | | |
|---|---|---|
| Achtung | attention | *ətenschn* |
| Anhänger | trailer | *träilə* |
| Ausfahrt | exit | *ekßit* |
| Bahnübergang | level crossing | *levəl krosing* |
| Bauarbeiten | road works | *roud uö:kß* |
| Caravan | caravan | *kärəvən* |

| | | |
|---|---|---|
| Durchfahrt verboten | no thouroughfare | *nou ðarəfäə* |
| Einbahnstraße | one way | *wan wäi* |
| Einfahrt verboten | no entry | *nou entri* |
| Eisglätte | ice | *aiß* |
| Engpaß | road narrows | *roud närous* |
| Fahrzeug | vehicle | *viikl* |
| (Tunnel-/Weg-/Brücken-)Gebühren | toll | *toul* |
| Gefahr | danger | *däindʒə* |
| Geschwindigkeitsbegrenzung | speed limit | *ßpi:d limit* |
| Halteverbot | no stopping | *nou ßtoping* |
| langsam fahren | drive slowly | *draiv ßlouli* |
| LKW | lorry | *lori* |
| Motorrad | motorcycle (=mc) | *moutəßaikl* |
| nasse Fahrbahn | wet road | *wet roud* |
| Nicht überholen | no overtaking | *nou ouvətäiking* |
| Ortsumgehung | by-pass | *baipa:ß* |
| Parkscheibe | parking disc | *pa:king disk* |
| Parkuhr | (parking) meter | *pa:king mi:tə* |
| Parkschein-Automat | ticket machine | *tikit məschi:n* |
| Parkverbot | no parking | *nou pa:king* |
| PKW | car | *ka:* |
| rechts/links halten | keep right/left | *ki:p rait/left* |
| Rollsplitt | loose chippings | *lu:s tschipings* |
| Sackgasse | no thorough road/cul de sac | *nou ðarə roud/kaldəßäk* |
| Schlaglöcher | pot-holes | *pothouls* |
| Schlechte Wegstrecke | bad road | *bäd roud* |
| Schleudergefahr | slippery road | *ßlipəri roud* |
| Schule | school | *sku:l* |
| Stopp | stop | *ßtop* |
| Umleitung | diversion | *daivöʒən* |
| Vorfahrt achten | Give way | *giv wäi* |

In Großbritannien unterscheidet man seit kurzem nur noch zwei Sorten Benzin, die nach Sternen klassifiziert werden:
three star - 95 Oktan
four star - 98 Oktan
Geschwindigkeitsbegrenzungen für PKW
im Ort: 30 mph (=miles per hour) = 48 km/h
auf der Landstraße: 60 mph = 96 km/h
auf vierspurig ausgebauten Schnellstraßen und Autobahnen: 70 mph = 112 km/h

**Tanken**

| | | |
|---|---|---|
| Tankstelle | petrol/ (Am.:) gas station | *petrəl/ (Am.:) gäß ßtäischən* |
| Wo ist die nächste Tankstelle? | Where is the nearest petrol station? | *weər is ðə nearest petrəl ßtäischən?* |
| Bitte volltanken! | Please fill up (the tank)! | *pli:s fil ap (ðə tänk)!* |
| Ölstand kontrollieren | check the oil level | *tschek ði oil levl* |
| Kühlwasser nachfüllen | refill the cooling water | *rifil ðə kuling wotə* |

## *Wortliste Tanken*

| | | |
|---|---|---|
| Autowaschanlage | car wash | *ka: wosch* |
| Benzin | petrol/ (Am.:) gas | *petrəl/ (Am.:) gäß* |
| bleifrei | unleaded | *anledid* |
| Diesel | diesel | *di:sl* |
| Luftbehälter | static air tank | *ßtätik äə tänk* |
| Luftdruckmesser | tyre pressure gauge | *taiə preschə gäidʒ* |
| Quittung | receipt | *rißi:t* |
| Reifendruck | tyre pressure | *taiə preschə* |
| Selbstbedienung | self-service | *ßelf ßö:viß* |
| Super | petrol (four star) | *petrəl (fo: ßta:)* |
| Tank | tank | *tänk* |
| Tankstelle | service station/ filling station/ petrol station | *ßöviß ßtäischn/ filing ßtäischn/ petrəl ßtäischn* |
| Tankverschluß | fuel cap | *fjuəl käp* |
| Zapfpistole | nozzle | *nosl* |

| | | |
|---|---|---|
| Zapfsäule | petrol pump | *petrəl pamp* |

**Eine Panne**

| | | |
|---|---|---|
| Wo ist die nächste Autowerkstatt? | Where is the nearest garage? | *weər is ðə niəreßt gəra:ʒ?* |
| Das Auto springt nicht an. | The car won't start. | *ðə ka: wount ßta:t.* |
| Ich bin mit dem Auto liegengeblieben. | My car broke down. | *mai ka: brouk daun.* |
| Können Sie mich abschleppen? | Could you give me a tow? | *kud ju giv mi ə tou?* |
| Der Reifen hat keine Luft mehr. | The tyre is flat. | *ðə taiə is flät.* |
| vorne/hinten | front/back (rear) | *front/bäk (riə)* |
| rechts/links | right/left | *rait/left* |
| Der Motor läuft heiß. | The motor is running hot. | *ðə moutə is raning hot.* |
| Der Motor verliert Öl. | The motor looses oil. | *ðə moutə lusis oil.* |
| Die Bremsen funktionieren nicht. | The brakes don't function. | *ðə bräikß dount fankschən.* |
| Ich weiß nicht, woran es liegt. | I don't know, what is wrong. | *ai dount nou wot is rong.* |
| Die Batterie ist leer. | The battery is not charged. | *ðə bätəri is not tscha:dʒd.* |
| Vielleicht sind die Zündkerzen defekt. | Perhaps there is something wrong with the plugs. | *pö:häps ðeəs ßamðing rong wiðə plags.* |
| Der Auspuff ist defekt. | The exhaust pipe is defective. | *ði ikso:ßt paip is difektiv.* |
| Ich brauche ... | I need ... | *ai ni:d ...* |
| ... neue Reifen/einen Ersatzreifen/ein Reserverad. | ... new tyres/a new spare tyre/ a spare wheel. | *nju taiəs/ ə nju ßpäə taiə/ ə ßpäə wi:l.* |
| Können Sie das reparieren? | Can you repair this? | *kän ju ripäə ðiß?* |
| Wie lange dauert es? | How long does it take? | *hau long das it täik?* |
| Wann kann ich das Auto abholen? | When can I come and fetch the car? | *wen kän ai kam änd fetsch ðə ka:?* |

| | | |
|---|---|---|
| Wann ist es fertig? | When will it be finished? | *wen wil it be finischt?* |
| Haben Sie Ersatzteile da? | Have you got the spare parts? | *häv ju got ðə ßpäə pa:tß?* |
| Was kostet das? | How much will it cost? | *hau matsch wil it koßt?* |
| Können Sie das Teil reparieren? | Can you repair the part? | *kän ju ripäə ðə pa:t?* |
| Müssen Sie das Teil austauschen? | Do you have to change the part? | *du ju häv tu tschäindʒ ðə pa:t?* |

## Wortliste Autoteile von A - Z

| | | |
|---|---|---|
| Abblendlicht | low beam | *lou bi:m* |
| Abblendschalter | dimmer switch | *dimə ßwitsch* |
| Achslager | axle | *äkßl* |
| Anlasser | starter | *ßta:tə* |
| Armaturenbrett | dashboard | *däschbo:d* |
| Auspuff | exhaust pipe | *ikso:ßt paip* |
| Außenspiegel | outside mirror | *autßaid mirə* |
| Autoradio | car radio | *ka: räidiou* |
| Autotür | car door | *ka: do:* |
| Batterie | battery | *bätəri* |
| Beifahrersitz | passenger seat | *päßendʒə ßi:t* |
| Benzinstandsanzeiger | fuel gauge | *fjuəl gäidʒ* |
| Blinker | flashing indicator | *fläsching indikäitə* |
| Blinkschalter | turn signal switch | *tö:n ßignəl switsch* |
| Bremsbelag | brake lining | *bräik laining* |
| Bremsflüssigkeit | brake fluid | *bräik fluid* |
| Brem(spedal) | brake | *bräik* |
| Drehzahlmesser | revolution counter/ tachometer | *revolu:schn kauntə/ täkomitə* |
| Fahrersitz | driver's seat | *draivə ßi:t* |
| Fahrgestell | chassis | *schäßi* |
| Felge | rim | *rim* |
| Fernlicht | full/high beam | *ful/hai bi:m* |
| Gang | gear | *giə* |
| Gas(pedal) | accelerator pedal | *əkßəleräitə pedəl* |

| | | |
|---|---|---|
| Gebläse | fan | *fän* |
| Getriebe | gearbox | *giəboks* |
| Handbremse | parking brake/hand-brake | *pa:king bräik/händbräik* |
| Handschuhfach | glove box | *glav boks* |
| Heckklappe | boot lid | *bu:t lid* |
| Heckscheibe | rear window | *riə windou* |
| Heizung | heating | *hi:ting* |
| Hinterradantrieb | rear wheel drive | *riə wi:l draiv* |
| Hupe | horn | *ho:n* |
| Innenspiegel | inside mirror | *inßaid mirə* |
| Karosserie | body | *bodi* |
| Kofferraum | boot | *bu:t* |
| Kontrolleuchte | warning light | *wo:ning lait* |
| Kopfstütze | headrest | *hedreßt* |
| Kotflügel | wing | *wing* |
| Kühler | radiator | *räidiäitə* |
| Kühlergrill | radiator grille | *räidiäitə gril* |
| Kühlmittelschlauch | coolant hose | *kulənt hous* |
| Kupplung(spedal) | clutch | *klatsch* |
| Kurbelwelle | crankshaft | *kränkscha:ft* |
| Lenkrad | steering wheel | *ßtiəring wi:l* |
| Luftdruckmesser | pressure gauge | *preschə gäidʒ* |
| Motorhaube | bonnet | *bonət* |
| Nebelschlußleuchte | rear fog lamp | *riə fo:g lämp* |
| Nockenwelle | camshaft | *kämscha:ft* |
| Ölwanne | oil sump | *oil ßamp* |
| Rad | wheel | *wi:l* |
| Reifen | tyre | *taiə* |
| Reserverad | spare wheel | *ßpäə wi:l* |
| Rückenlehne | back (of the seat) | *bäk (ov ðə ßi:t)* |
| Rückspiegel | mirror | *mirə* |
| Schalthebel | gear lever | *giə levə* |
| Scheibenwischer | windscreen wiper | *windßkri:n waipə* |
| Sicherheitsgurt | seat belt/safety belt | *ßi:t belt/ßäifti belt* |

| | | |
|---|---|---|
| Sicherung | fuse | *fju:s* |
| Standlicht | side light | *ßaid lait* |
| Stoßdämpfer | shock absorber | *schok əbso:bə* |
| Stoßstange | bumper | *bampə* |
| Tachometer | speedometer | *ßpidoumi:tə* |
| Tank | tank | *tänk* |
| Tankeinfüllstutzen | fuel filler neck | *fjuəl filə nek* |
| Türgriff | door handle | *do: händl* |
| Türschloß | door lock | *do: lok* |
| Vergaser | carburettor | *ka:bjuretə* |
| Vorderradantrieb | front wheel drive (FWD) | *front wi:l draiv* |
| Warnblinkanlage | hazard warning lights | *häsəd wo:ning laitß* |
| Windschutzscheibe | windscreen | *windskri:n* |
| Zündkerze | (sparking) plug | *(ßpa:king) plag* |
| Zündschloß | ignition switch | *ignischn switsch* |
| Zündung | ignition | *ignischn* |

## Wortliste Werkzeug

| | | |
|---|---|---|
| Abschleppseil | tow rope | *tou roup* |
| Bohrer | drill | *dril* |
| Bohrmaschine | electric drill | *ilektrik dril* |
| Draht | wire | *waiə* |
| Luftdruckmesser | pressure gauge | *preschə gäidʒ* |
| Hammer | hammer | *hämə* |
| Inbusschlüssel | hexagonal socket head key | *hekßəgənəl ßokət hed ki:* |
| Kabel | cable | *käibl* |
| Kneifzange | pincers | *pinßəs* |
| Kreuzschlitzschraubenzieher | cross point screwdriver | *kroß point ßkrudraivə* |
| Leim | glue | *glu:* |
| Meißel | chisel | *tschisl* |
| Maßband | measuring tape | *meʒəring täip* |
| Mutter | nut | *nat* |

| | | |
|---|---|---|
| Nagel | nail | *näil* |
| Niete | rivet | *rivət* |
| Pinsel | brush | *brasch* |
| Röhre | tube/pipe | *tju:b/paip* |
| Säge | saw | *ßo:* |
| Schere | scissors | *ßisəs* |
| Schlauch (beim Reifen) | tube | *tju:b* |
| Schleifpapier | sandpaper | *ßändpäipə* |
| Schraube | screw | *ßkru:* |
| Schraubenschlüssel | spanner | *ßpänə* |
| Schraubenzieher | screwdriver | *ßkru:draivə* |
| Spachtel | stripping knife | *ßtriping naif* |
| Starthilfekabel | jump lead | *dʒamp li:d* |
| Ventil | valve | *välv* |
| Wagenheber | (screw) jack | *(ßkru:) dʒäk* |

*Das Fähr-Terminal in Dover ist Drehscheibe des Verkehrs mit dem Kontinent*

| | | |
|---|---|---|
| Wasserrohrzange | pipe wrench | *paip rentsch* |
| Werkzeugkasten | tool box | *tu:l bokß* |
| Winkeleisen | angle iron | *ängl aiən* |
| Zange | pliers | *plaiəs* |
| Zollstock | folding rule | *foulding ru:l* |

**Ein Unfall**

| | | |
|---|---|---|
| Es ist ein Unfall passiert. | There has been an accident. | *ðeə häs bi:n ən äkßidənt.* |
| Wir hatten einen Unfall. | We had an accident. | *wi häd ən äkßidənt.* |
| Es ist nur ein Blechschaden. | It is only superficial damage. | *it is ounli ßju:pəfischl dämədʒ.* |
| Ich mußte bremsen. | I had to brake. | *ai häd tu bräik.* |
| Er/Sie ist zu dicht aufgefahren. | He/she drove too close. | *hi/schi drouv tu klouß.* |
| Rufen Sie einen Krankenwagen/die Polizei/ einen Arzt. | Please call an ambulance/the police/ a doctor. | *pli:s ko:l ən ämbjulənß/ ðə poli:ß/ ə doktə.* |
| Ihren Führerschein bitte! | Could I have a look at your driving licence? | *kud ai häv ə luk ät jo draiving laißənß?* |
| Ihre Papiere bitte! | Let me see your documents, please! | *let me ßi: jo dokjuməntß pli:s!* |
| Haben Sie gesehen, was passiert ist. | Did you see what happened? | *did ju ßi: wot häpənd?* |
| Können Sie als Zeuge aussagen? | Could you act as a witness? | *kud ju äkt äs ə witnəß?* |
| Wir warten, bis die Polizei kommt. | We will wait, until the police arrive. | *wi wil wäit antil ðə poli:ß əraiv* |
| Es ist kein schlimmer Unfall. | It is not a serious accident. | *it is not ə ßiriəß äkßidənt.* |
| Beruhigen Sie sich. | Calm down. | *ka:m daun.* |
| Geben Sie mir Ihre Adresse, bitte. | Please give me your address. | *pli:s giv mi jo ədreß.* |
| Bei welcher Versicherung sind Sie? | What is your insurance company? | *wot is jo inschurenß kampəni?* |

**i** Mit der Rufnummer 999 erreicht man in Großbritannien gebührenfrei Polizei, Feuerwehr und Notarzt.

## Wortliste Unfall

| | | |
|---|---|---|
| Arzt | doctor | *doktə* |
| Hilfe | help | *help* |
| Notfall | emergency | *imödʒenßi* |
| Polizei | police | *poli:ß* |
| Rettungswagen | ambulance | *ämbjulənß* |
| Unfall | accident | *äkßidənt* |
| Verletzte | injured (persons) | *indʒəd (pößənß)* |
| Verbandskasten | first aid kit | *fößt äid kit* |

### Ein Auto/Motorrad mieten

| | | |
|---|---|---|
| Wo ist die nächste Autovermietung? | Where is the nearest car hire/rental? | *weə is ðə ni:rəßt ka: haiə/rentəl?* |
| Ich möchte ein Auto mieten. | I would like to hire/ (Am.:) rent a car. | *ai wud laik tu haiə/ rent ə ka:.* |
| Wieviel kostet es pro Woche/pro Tag? | How much is it per week/per day? | *hau matsch is it pö wi:k/pö däi?* |
| Haben Sie einen kleineren/größeren Wagen? | Do you have a smaller/larger car? | *du ju häv ə ßmolə/la:dʒə ka:?* |
| Formular ausfüllen | fill in the form | *fil in ðə fo:m* |

## Wortliste Auto mieten

| | | |
|---|---|---|
| Allradantrieb | four wheel drive | *fo: wi:l draiv* |
| Automatikkupplung | automatic (gearing) | *o:təmätik (giəring)* |
| Autovermietung | car hire/ (Am.:) car rental | *ka: haiə/ ka: rentəl* |
| Führerschein | driving licence (Am.: driver's licence) | *draiving laißenß/draivəs laißenß* |
| Geländewagen | jeep | *dʒi:p* |
| Haftungsausschluß | exclusion of liability | *ikßkluʒn ov laiəbiliti* |
| Helm | (safety) helmet | *(ßäifti) helmət* |
| Kaution | deposit | *diposit* |

| | | |
|---|---|---|
| Kilometerpauschale | unlimited mileage | *anlimitid mailədʒ* |
| Mehrwertsteuer | VAT (= value added tax) | *vi äi ti (välju ädid täkß)* |
| Mietdauer | duration of hire | *djuräischn ov haiə* |
| Mofa | moped/motorized bicycle | *mouped/ moutəraisd baißikl* |
| Motorrad | motorcycle | *moutəßaikl* |
| Motorroller | scooter | *ßku:tə* |
| Schaden | damage | *dämədʒ* |
| Vollkasko | comprehensive insurance | *komprehenßiv inschuranß* |

## Mit der Bahn

### Bahnhof

| | | |
|---|---|---|
| Wo finde ich den Bahnhof? | Where can I find the central station? | *weə kän ai faind ðə ßentrəl ßtäischn?* |
| Wie weit ist es bis zum (Haupt-)Bahnhof? | How far is it to the station? | *hau fa: is it tu ðə ßtäischn?* |
| Welche (Bus-/Straßenbahn)linie fährt zum Bahnhof? | Which line is going to the central station? | *witsch lain is gouing tu ðə ßentrəl ßtäischn?* |

### Am Bahnhof

| | | |
|---|---|---|
| Wo kann ich eine Fahrkarte kaufen? | Where can I buy a ticket? | *weə kän ai bai ə tikit?* |
| Eine Fahrkarte nach ... | A ticket to ... | *ə tikit tu ...* |
| Was kostet die einfache Fahrt/ Hin- und Rückfahrt nach ...? | How much is the single fare/return fare? | *hau matsch is ðə ßingl/ ritön fäə?* |
| Ich fahre am selben Tag zurück. | I come back the same day. | *i kam bäk ðə ßäim däi.* |
| Gibt es Ermäßigung für Studenten/Senioren/Kinder? | Is there any reduction for students/old age pensioners/children? | *is ðeə äni ridakschn fo: ßtjudəntß/ ould äidʒ penʒənəs/ tschildrən?* |
| Ich möchte einen Sitzplatz reservieren. | I would like to reserve a seat. | *ai wud laik tu risöv ə ßi:t.* |
| Wann fährt der nächste Zug nach ...? | When does the next train leave/depart to ...? | *wen das ðə nekst träin li:v/ dipa:t tu ...?* |

| | | |
|---|---|---|
| Auf welchem Bahnsteig fährt der Zug? | From which platform does the train leave? | *from witsch plätfo:m das ðə träin li:v?* |
| Wo kann ich mein Gepäck aufgeben? | Where can I register my luggage? | *weə kän ai redʒißtə mai lagidʒ?* |
| Wo kann ich mein Gepäck zur Aufbewahrung abgeben? | Where can I leave my luggage? | *weə kän ai li:v mai lagidʒ?* |
| Ich möchte mein Fahrrad vorausschikken. | I would like to send my bicycle in advance. | *ai wud laik tu ßend mai baißikl in ədva:nß.* |
| Was kostet eine Fahrradkarte nach ... | How much is a bicycle ticket to ...? | *hau matsch is ə baißikl tikit tu ...?* |
| Wie lange dauert der Transport? | How long does it take to transport it? | *hau long das it täik tu trənßpo:t it?* |
| Ich möchte mein Gepäck abholen. | I would like to fetch my luggage. | *ai wud laik tu fetsch mai lagidʒ.* |
| Kann ich meinen Rucksack kurz hier unterstellen? | May I put my rucksack here for a short while? | *mäi ai put mai raksäk hiə fo:rə sho:t wail?* |

**Im Zug**

| | | |
|---|---|---|
| Ist dieser Platz frei/besetzt? | Is this seat free/taken? | *is ðiß ßi:t fri:/ täikən?* |
| Es ist alles besetzt. | All seats are taken. | *o:l ßi:tß a: täikən.* |
| Es zieht. | There is a draught. | *ðeəs ə dra:ft.* |
| Es ist stickig. | It is stuffy in here. | *it is ßtafi in hiə.* |
| Können Sie das Fenster schließen/öffnen? | Could you please shut/open the window? | *kud ju pli:s schat/ oupən ðə windou?* |
| Kann ich meinen Koffer/Rucksack/Tasche hierhin stellen? | May I put my suitcase/rucksack/bag here? | *mäi ai put mai ßutkäiß/raksäk/bäg hiə?* |
| Können Sie mir helfen, meinen Koffer hier hinauf zu heben? | Could you please help me in lifting my case up here? | *kud ju pli:s help mi in lifting mai käiß ap hiə?* |
| Bitte die Fahrkarten. | Tickets please. | *tikitß pli:s.* |
| Haben Sie eine Platzkarte? | Have you got a seat reservation? | *häv ju got ə ßi:t resəväischn?* |

| | | |
|---|---|---|
| Wo muß ich umsteigen? | Where do I have to change trains? | *weə du ai häv tu tschäindʒ träins?* |
| Wie heißt die nächste/diese Station? | What is the next stop/this stop called? | *wot is ðə nekßt ßtop ko:ld?* |
| Sagen Sie mir bitte, wann ich aussteigen muß? | Please tell me, when I have to get out. | *pli:s tel mi wen ai häv tu get aut.* |
| Wir haben Verspätung. | We are delayed. | *wi a: diläid.* |
| Wartet der Anschlußzug nach ... | Does the connecting train to ... wait for us? | *das ðə konekting träin tu ... wäit fo: as?* |

**Schilder**

| | | |
|---|---|---|
| Raucher/Nichtraucher | smoking/nonsmoking | *ßmouking/nonßmouking* |
| Toiletten | toilets | *toilets* |
| Herren/Damen | gents/ladies | *dʒentß/ läidis* |
| frei/besetzt | free/engaged | *fri:/ ingäidʒd* |
| Notbremse | communication cord | *komjunikäischn ko:d* |
| Nicht hinauslehnen. | Do not lean out. | *du not li:n aut* |
| Abfall | waste | *wäißt* |
| Waschraum | lavatory | *lävətori* |
| Eingang/Ausgang | entrance/exit | *entrənß/ekßit* |

## Wortliste Zugfahren

| | | |
|---|---|---|
| Abfahrtszeit | departure time | *dipa:tschə taim* |
| Abteil | compartment | *kompa:tmənt* |
| Ankunftszeit | arrival time | *əraivəl taim* |
| Aufzug | lift | *lift* |
| Ausgang | exit | *ekßit* |
| Auskunft | information | *info:mäischn* |
| Autoreisezug | car sleeper | *ka: ßli:pə* |
| Bahnhofsrestaurant | station restaurant | *ßtäischn reßtəront* |
| Bahnsteig | platform | *plätfo:m* |
| Eingang | entrance | *entrənß* |
| 1. Klasse/2. Klasse | first class/second class | *föst kla:ß/ ßekənd kla:ß* |
| Expresszug | express train | *ikßpreß träin* |
| Fahrkartenkontrolle | check of tickets | *tschek ov tikitß* |

| | | |
|---|---|---|
| Fahrplan | timetable | *taimtäibl* |
| Fensterplatz | window-seat | *windou ßi:t* |
| Gang | corridor | *korido:* |
| Gepäck-Schließfach | left luggage locker | *left lagidʒ lokə* |
| Gepäcknetz | rack | *räk* |
| Gepäckschalter | luggage counter | *lagidʒ kauntə* |
| Großraumwagen | open carriage | *oupən käriədʒ* |
| Information | information | *info:mäischn* |
| Liegewagen | couchette-coach | *kuschet koutsch* |
| Mitte | centre | *ßentə* |
| Nahverkehrszug | local train | *loukəl träin* |
| Raucher/Nichtraucher | smoking/nonsmoking | *ßmouking/nonßmouking* |
| Rolltreppen | escalator | *eßkəläitə* |
| Rückfahrkarte | return ticket | *ritön tikit* |
| Schaffner | ticket collector | *tikit kolektə* |
| Schlafwagen | sleeping-car | *ßli:ping ka:* |
| Schnellzug | express train | *ikßpreß träin* |
| Speisewagen | dining-car | *daining ka:* |
| Treppen | stairs | *stäəs* |
| Wagen | carriage | *käriədʒ* |
| Wagennummer | carriage number | *käriədʒ nambə* |
| Wartesaal | waiting room | *wäiting ru:m* |
| Waschraum | lavatory | *lävətori* |

## Mit dem Bus

| | | |
|---|---|---|
| Wo ist der Busbahnhof/die Bushaltestelle? | Where is the bus terminal/bus stop? | *weə is ðə baß töminəl/baß ßtop?* |
| Wo kaufe ich die Fahrkarten? | Where can I buy tickets? | *weə kän ai bai tikitß?* |
| Welcher Bus/welche Buslinie fährt nach ...? | Which bus is going to ...? | *witsch baß is gouing tu ...?* |
| Halten Sie in/an der Station ...? | Do you stop at/in ...? | *du ju ßtop ät/in ...* |
| Wie lange dauert die Fahrt? | How long does it take? | *hau long das it täik?* |

| | | |
|---|---|---|
| Was kostet die Fahrkarte? | How much is the fare? | *hau matsch is ðə fäə?* |
| Muß ich sie selbst entwerten? | Do I have to machine-stamp the ticket myself? | *du ai häv tu məschi:n-ßtämp ðə tikit maißelf?* |

## Wortliste Bus

| | | |
|---|---|---|
| Expressbus | express bus | *ikßpreß baß* |
| Fahrkarten | tickets | *tikitß* |
| Fahrplan | timetable | *taimtäibl* |
| Haltestelle | stop | *ßtop* |
| Stadtbus | bus | *baß* |
| Überlandbus | coach | *koutsch* |

## Mit dem Flugzeug

| | | |
|---|---|---|
| Ich möchte einen Flug buchen. | I would like to book a flight. | *ai wud laik tu buk ə flait.* |
| Wann geht ein Flug nach ...? | When is the next flight to ...? | *wen is ðə nekßt flait tu ...?* |
| Wieviel kostet der Hin-/der Hin- und Rückflug? | How much is the fare for a one-way flight/return flight? | *hau matsch is ðə fäə fo: ə wanwäi flait/ritön flait?* |
| Wann startet/landet die Maschine? | When does the plane start/take off. | *wen das ðə pläin ßta:t/täik of?* |
| Wann muß ich am Flughafen sein? | When do I have to be at the airport? | *wen du ai häv tu bi ät ði äəpo:t?* |
| Wie lautet die Flugnummer? | The flight number, please. | *ðə flait nambə, pli:s.* |
| Hat die Maschine Verspätung? | Is the plane delayed? | *is ðə pläin diläid?* |
| Habe ich Anschluß nach ...? | Do I have a connection to ...? | *du ai häv ə konekschn tu ...?* |
| Ich möchte weiterfliegen nach ... | I would like to go on to ... | *ai wud laik tu gou on tu ...* |
| Wo ist die Gepäckabfertigung? | Where is the luggage office? | *weə is ðə lagidʒ ofiß?* |

| | | |
|---|---|---|
| Ich möchte diesen Flug bestätigen/annullieren/umbuchen lassen. | I would like to have this booking confirmed/ cancelled/ changed. | *ai wud laik tu häv ðiß buking konfömd/ känßeld/ tschäindʒd.* |

## *Wortliste Fliegen*

| | | |
|---|---|---|
| annulliert | cancelled | *känßəld* |
| Anschlußflug | connecting flight | *konekting flait* |
| Ausgang/Gate | gate | *gäit* |
| Buchung | booking | *buking* |
| Flughafen | airport | *äəpo:t* |
| Flugnummer | flight number | *flait nambə* |
| Flugplan | flight schedule | *flait ßkedjul* |
| Flugzeit | flight time | *flait taim* |
| Flugpreis | air fare | *äə fäə* |
| Flugsteig | gate | *gäit* |
| Reservierung | reservation | *resəväischn* |
| Rückflug | return flight | *ritön flait* |
| Verspätung | delay | *diläi* |

## Mit dem Schiff

| | | |
|---|---|---|
| Wann fährt die nächste Fähre/das nächste Schiff nach ...? | When does the next ferry/boat leave for ...? | *wen das ðə nekst feri/bout li:v fo: ...?* |
| Wo legt die Fähre/das Schiff ab? | Where does the ferry/ boat sail from? | *weə das ðə feri/ bout ßäil from?* |
| Wie lange dauert die Überfahrt? | How long does the passage take? | *hau long das ðə päß#dʒ täik?* |
| Wieviel kostet die Fahrkarte? | How much is the ticket? | *hau matsch is ðə tikit?* |
| einfach/hin und zurück | single(one-way)/return | *ßingl(wan wäi)/ ritön* |

## *Wortliste Schiff*

| | | |
|---|---|---|
| an Bord gehen | embark | *imba:k* |
| Anlegeplatz | dock | *dok* |

| | | |
|---|---|---|
| anlegen | dock | *dok* |
| Bug | bow | *bou* |
| Deckspassage | deck passage | *dek päßədʒ* |
| Einzelkabine | one berth cabin | *wan böð käbin* |
| (Auto)Fähre | (car) ferry | *(ka:) feri* |
| Hafen | harbour/ port | *ha:bə/ po:t* |
| Heck | stern | *stön* |
| (Zweibett-)Kabine | two berth cabin | *tu böð käbin* |
| Kai | quai | *ki* |
| Kreuzfahrt | cruise | *kru:s* |
| Leuchtraketen | signal rockets | *ßignəl rokətß* |
| Liegestuhl | deck chair | *dek tschäə* |
| Rettungsboot | life boat | *laif bout* |
| Rettungsring | life belt | *laif belt* |
| Schiff | boat | *bout* |
| Schwimmweste | life jacket | *laif dʒäkit* |
| seekrank | seasick | *ßi:ßik* |
| Überfahrt | passage/sailing/crossing | *päßədʒ/ßäiling/kroßing* |
| Zahlmeister | purser | *pößə* |

## Mit dem Fahrrad

| | | |
|---|---|---|
| Kann ich mein Fahrrad mit der Bahn transportieren lassen? | Can I take my cycle on the train? | *kän ai täik mai ßaikl on ðə träin?* |
| Wieviel kostet eine Fahrradkarte? | How much is a bicycle ticket? | *hau matsch is ə baißikl tikit?* |
| Fahrrad | bicycle/cycle/bike | *baißikl/ßaikl/baik* |

### *Wortliste Fahrradteile*

| | | |
|---|---|---|
| Achse | axle | *äkßl* |
| Blitzventil | patent valve | *pätənt välv* |
| Bremszug | brake cable | *bräik käibl* |
| Bremse | brake | *bräik* |

| | | |
|---|---|---|
| Dreigangrad | bicycle with three gears | *baißikl wið ðri giəs* |
| Fahrradfahrer | cyclist | *ßaiklißt* |
| Fahrradweg | cycle track | *ßaikl träk* |
| Felge | rim | *rim* |
| Felgen-Bremse | calliper brake | *kälipə bräik* |
| Flickzeug | puncture repair kit | *panktschə ripäə kit* |
| Gabel | fork | *fo:k* |
| Gangschaltung | gear shift | *giə schift* |
| Gepäckträger | carrier | *käriə* |
| Hammer | hammer | *hämə* |
| Hinterrad | rear wheel | *riə wi:l* |
| Inbusschlüssel | socket head key | *ßokət hed ki:* |
| Kabel | cable | *käibl* |
| Kette | chain | *tschäin* |
| Kettenfett | grease | *gri:ß* |
| Kettenschutz | chain guard | *tschäin ga:d* |
| Klebeband | adhesive tape | *ädhi:ßiv täip* |
| Klingel | bell | *bel* |
| Kreuzschlitzschrauben-zieher | cross point screwdriver | *kroß point ßkrudraivə* |
| Kugellager | ball bearings | *bo:l beərings* |
| Lenker | handlebar | *händlba:* |
| Luftpumpe | pump | *pamp* |
| Mantel | tyre | *taiə* |
| Mutter | nut | *nat* |
| Nabe | hub | *hab* |
| Nieten | rivets | *rivətß* |
| Packriemen | lashing cord | *läsching ko:d* |
| Packtasche | pannier bag | *päniə bäg* |
| Pedale | pedal | *pedl* |
| Plattfuß | puncture | *panktschə* |
| Rahmen | frame | *fräim* |
| Reflektor | reflector | *riflektə* |
| Regencape | raincape | *räinkäip* |
| Rücklicht | rear lamp | *riə lämp* |

| | | |
|---|---|---|
| Rücktritt | back pedal | *bäk pedl* |
| Rücktrittbremse | back pedal/coaster brake | *bäk pedl/ koußtə bräik* |
| Sattel | saddle | *ßädl* |
| Schlauch | tube | *tju:b* |
| Schloß | lock | *lok* |
| Schraube | screw | *ßkru* |
| Schraubenschlüssel | spanner | *ßpänə* |
| Schraubenzieher | screwdriver | *ßkrudraivə* |
| Schutzblech | mudguard | *madga:d* |
| Speichen | spokes | *ßpoukß* |
| Ständer | stand | *ßtänd* |
| Tretlager | bottom bracket bearing | *botəm bräkit beəring* |
| Unterlegscheibe | washer | *woschə* |
| Ventil | valve | *välv* |
| Vorderlicht | head lamp | *hed lämp* |
| Vorderrad | front wheel | *front wi:l* |
| Werkstatt | repair shop | *ripäə schop* |
| Zehngangrad | bicycle with ten gears | *baißikl wið ten giəs* |

# Unterkunft

Die wohl für Großbritannien typischste Unterbringung ist *bed & breakfast* – Übernachtung bei Privatleuten, die manchmal nur ein bis zwei Gastzimmer zur Verfügung stellen. Die Wirtsleute sorgen dafür, daß ihre Gäste es gemütlich haben: Häufig gibt es einen Aufenthaltsraum, in dem man außer fernsehen auch zusammensitzen und Konversation betreiben kann, z. B. über das Wetter.

Das Tüpfelchen auf dem i ist allerdings das im Preis inbegriffene englische Frühstück: vorneweg Toast mit Butter und marmelade, jener leicht bitteren Orangenmarmelade, als zweiten Gang Schinken (*bacon* oder *rashers*), Spiegeleier, kleine Würstchen, dazu vielleicht weiße Bohnen in Tomatensauce und sehr viel Tee oder auch Kaffee.

Hinweis-Schilder mit der Aufschrift *B & B* findet man ausreichend. Wer sicher gehen will, kann sich gegen eine Gebühr bei der örtlichen Touristeninformation telefonisch ein Zimmer nach Wunsch reservieren lassen.

Etwas größere Dimensionen als die privaten *B & B* Unterkünfte haben *guesthouses*, die man vor allem in den großen Seebadeorten findet. Hier reiht sich oft ganze Straßenzüge hindurch eine Pension an die andere – Preisvergleiche lohnen sich dort, wo so viel Konkurrenz herrscht. Auch in Pensionen gibt es meist ein gutes englisches Frühstück, nur ist alles schon etwas unpersönlicher.

## Hotel/ Pension

| | | |
|---|---|---|
| Ich suche ein Hotel/eine Pension. | I am looking for a hotel/ a guesthouse. | *ai äm luking fo: ə houtel./ ə geßthaus* |
| Zimmer frei | vacancies | *väikənßi:s* |
| Haben Sie noch ein Zimmer frei für die Zeit von ... bis? | Have you got a room for the period between ... and...? | *häv ju got ə ru:m fo: ðə piriəd bitwi:n ... änd ...?* |
| Wir haben ein Zimmer reserviert/geschrieben/telefoniert. | We have made a reservation/wrote you a letter/phoned. | *wi häv mäid ə resəväischn/ rout ju ə letə/ found.* |
| ein Doppelzimmer | a double (room) | *ə dabl (ru:m)* |
| für zwei Personen | for two persons | *for tu pößəns* |
| mit einem Bett | with one bed | *wið wan bed* |

| | | |
|---|---|---|
| mit zwei Betten | a twin-bedded room | *ə twin bedid ru:m* |
| mit Balkon | with a balcony | *wiđ ə bälkəni* |
| ein Einzelzimmer | a single room | *ə ßingl ru:m* |
| ein Kinderbett | a child's bed | *ə tschailds bed* |
| fließend heißes/kaltes Wasser | running hot/cold water | *raning hot/kould wo:tə* |
| Radio/Telefon/Fernsehen auf dem Zimmer | radio/ telephone/ television in the room | *räidiou/ teləfoun/ teləviʒn in đə ru:m* |
| für eine Nacht/zwei Tage/eine Woche | for one night/two days/a week | *fo: wan nait/tu däis/ə wi:k* |
| Kann ich das Zimmer sehen? | Could I have a look at the room? | *kud ai häv ə luk ät đə ru:m?* |
| Wieviel kostet das Zimmer? | How much do you charge for the room? | *hau matsch du ju tscha:dʒ fo: đə ru:m?* |
| Ich nehme es. | I take it. | *ai täik it.* |
| Haben Sie noch ein anderes Zimmer. | Have you got another room? | *häv ju got ənađə ru:m?* |
| Ich überlege es noch einmal. | I think it over. | *ai đink it ouvə.* |
| ruhig gelegen/nach hinten | quietly situated/to the backyard | *kwaiətli ßitjuäitid/ tu đə bäkja:d* |
| laut/zur Straße gelegen | noisy/to the front | *noisi/tu đə front* |
| eine Treppe tiefer | down the stairs | *daun đə ßtäəs* |
| Wo ist die Toilette/die Dusche/der Waschraum? | Where is the toilet/the shower/the lavatory? | *weə is đə toilet/đə schauə/ đə lävətori?* |
| 1./2./3. Stock | first/second/third floor | *fö:st/ßekənd/đöd flo:* |
| Der Wasserhahn tropft. | The tap is running. | *đə täp is raning.* |
| Der Abfluß ist verstopft. | The drain is choked. | *đə dräin is tschoukd.* |
| Die Glühbirne ist kaputt. | The bulb does not work. | *đə balb das not wö:k.* |
| Licht | light | *lait* |
| Schalter | switch | *switsch* |
| Stecker/Steckdose | plug/socket | *plag/ßokət* |
| Ich möchte gern ein zusätzliches Kopfkissen/eine Decke/Handtuch. | I would like to have an extra head cushion/ blanket/towel. | *ai wud laik tu häv ən ikßtrə hed kuschn/ blänkit/ tauəl.* |

| | | |
|---|---|---|
| Hier ist der Zimmerschlüssel. | Here is the key to your room. | *hiə is ðə ki: tu jo ru:m.* |
| Wenn Sie das Haus verlassen, geben Sie den Schlüssel an der Rezeption ab. | If you go out, leave the key at the reception. | *if ju gou aut, li:v ðə ki: ät ðə rißepschn.* |
| Ich habe meinen Schlüssel verloren. | I have lost my key. | *ai häv loßt mai ki:.* |
| Wir möchten auf dem Zimmer frühstücken. | We would like to have breakfast in our room. | *wi wud laik tu häv brekfəßt in auə ru:m.* |
| Ab wann gibt es Frühstück? | When do you start serving breakfast? | *wen du ju ßta:t ßöving brekfəßt?* |
| Ich reise/Wir reisen morgen um ... Uhr ab. | I/ We leave tomorrow at ... o'clock. | *ai/wi li:v tumoro ät ... əklok.* |
| Ich möchte die Rechnung, bitte. | Could I have the bill, please? | *kud ai häv ðə bil, pli:s?* |

## Wortliste Unterkunft

| | | |
|---|---|---|
| Aufzug | lift | *lift* |
| Badezimmer | bathroom | *baðru:m* |
| Balkon | balcony | *bälkəni* |
| Bett | bed | *bed* |
| Decke | blanket | *blänkit* |
| 3.Stock | third floor | *ðö:d flo:* |
| Dusche | shower | *schauə* |
| 1.Stock | first floor | *fö:st flo:* |
| Fernsehgerät | TV/television | *ti:vi:/teləviʒn* |
| Frühstück | breakfast | *brekfəßt* |
| Gepäck | luggage | *lagidʒ* |
| Halbpension | half board | *ha:f bo:d* |
| Handtuch | towel | *tauəl* |
| Heizung | heating | *hi:ting* |
| Kinderbett | child's bed | *tschailds bed* |
| Klimaanlage | air-condition | *äə kondischn* |
| Kopfkissen | cushion | *kuschn* |
| Radio | radio | *räidiou* |

| | | |
|---|---|---|
| Reservierung | reservation/booking | *resəväischn/buking* |
| Rezeption | reception | *rißepschn* |
| Schlüssel | key | *ki:* |
| Telefon | telephone | *teləfoun* |
| Toilette | WC/toilet | *dablju ßi:/toilet* |
| Vollpension | full board | *ful bo:d* |
| Waschraum | lavatory | *lävətori* |
| 2.Stock | second floor | *ßekənd flo:* |

## Weitere Unterkunftsmöglichkeiten

| | | |
|---|---|---|
| Vermieten Sie Zimmer? | Do you let rooms? | *du ju let ru:ms?* |
| Privatzimmer | private accommodation/ bed and breakfast | *praivət äkomodäischn/bed änd brekfəßt* |
| Jugendherberge | youth hostel | *juð hoßtl* |
| Jugendherbergsausweis | IYF member card | *aiwaief membə ka:d* |

*Britische Landhotels sind gemütlich und komfortabel zugleich*

| | | |
|---|---|---|
| Selbst kochen | self catering | *self käitəring* |
| Küche | kitchen | *kitschn* |
| Schlafsaal | dormitory | *do:mitori* |
| Wir suchen einen Campingplatz. | We are looking for a campsite/caravan site. | *wi a: luking fo: ə kämpßait/kärəvän ßait.* |
| Was kostet ein Stellplatz? | How much do you charge per pitch? | *hau matsch du ju tscha:dʒ pö pitsch?* |
| Erwachsene/Kinder | adults/children | *ədalts/tschildrən* |
| Wie lautet Ihr Autokennzeichen? | What is the registration number of your car? | *wot is ðə redʒißträischn nambə ov jo ka:?* |
| Haben Sie einen Campingausweis? | Have you got a camping permit? | *häv ju got a kämping pömit?* |
| Wie lange bleiben Sie? | How long do you stay? | *hau long du ju ßtäi?* |
| Können wir hier/auf Ihrem Grundstück zelten? | Could we put up our tent here/on your property? | *kud wi put ap auə tent hiə/on jo propəti?* |

*Urlaub inmitten einer grünen Berglandschaft: Camping in Wales*

## Wortliste Camping

| | | |
|---|---|---|
| Abfalleimer | garbage bin | *garbədʒ bin* |
| Abfluß | drain | *dräin* |
| Abspülbecken | sink | *ßink* |
| Auto | car | *ka:* |
| Batterien | batteries | *bätəris* |
| Besteck | cutlery | *katləri* |
| Campingausweis | camping permit | *kämping pömit* |
| Camping-Bus | camping bus | *kämping baß* |
| Campingplatz | campsite | *kämpßait* |
| Caravan | caravan | *kärəvän* |
| Dusche | shower | *schauə* |
| Erwachsene | adults | *ədalts* |
| Geschirr | crockery | *krokəri* |
| Hering | tent peg | *tent peg* |
| Kinder | children | *tschildrən* |
| Kocher | cooker | *kukə* |
| Kochstelle | cooking place | *kuking pläiß* |
| Petroleum | paraffin | *pärəfin* |
| Plane | awning | *o:ning* |
| Spiritus | methylated spirit | *meðiläitid ßpirit* |
| Taschenlampe | torch | *to:tsch* |
| Toiletten | toilets/ WC/ lavatories | *toilets/ dabljußi/ lävətoris* |
| Trinkwasser | drinking water | *drinking wo:tə* |
| Wäschetrockner | tumble drier | *tambl draiə* |
| Waschküche | laundry | *lo:ndri* |
| Waschsalon | launderette | *lo:ndəret* |
| Waschmaschine | washing machine | *wosching məschi:n* |
| Wasserkanister | water tank | *wo:tə tänk* |
| WC | flush toilet/WC | *flasch toilet/ dabljußi:* |
| Wohnmobil | mobile home | *mobail houm* |
| Zelt | tent | *tent* |
| Zeltstange | tent pole | *tent poul* |

# Ämter, Banken, Telefonieren

Bei der Einreise ins Vereinigte Königreich (United Kingdom, U.K.) benötigt man als Bürger der EG lediglich Personalausweis oder Paß. Haustiere sollte man übrigens zu Hause lassen: Es besteht absolutes Einfuhrverbot für alle Tiere. Grund ist die Angst vor der Tollwut (*rabies*).

## Zoll/Paßkontrolle

| | | |
|---|---|---|
| Haben Sie etwas zu verzollen? | Have you anything to declare? | *häv ju äniðing tu dikläə?* |
| Ihren Ausweis/Paß bitte. | Your identity card/ passport, please. | *jo aidentiti ka:d/ pa:ßpo:t, pli:s.* |
| Wieviele Personen sind Sie? | How many persons? | *hau mäni pößəns?* |
| Haben Sie ein Visum/ eine Versicherungskarte/einen Impfpaß? | Do you have a visa/an insurance card/ vaccination certificate? | *du ju häv ə visa/ ən inschurenß ka:d/ ə väksinäischn ßötifikət?* |
| Öffnen Sie den Koffer. | Please open your suitcase. | *pli:s oupən jo ßu:tkäiß.* |
| Wohin fahren Sie? | Where are you going to? | *weə a: ju gouing tu?* |
| Wie lange bleiben Sie? | How long do you stay? | *hau long du ju ßtäi?* |
| Was machen Sie in ...? | What are you doing in ...? | *wot a: ju duing in ...?* |
| Ich mache Ferien. | I am on holidays. | *ai äm on holidäis.* |

## *Wortliste Zoll/Paßkontrolle*

| | | |
|---|---|---|
| Ausweis | identity card | *aidentiti ka:d* |
| (Zoll)Beamter | officer | *ofißə* |
| Impfbescheinigung | vaccination certificate | *väksinäischn ßötifikət* |
| Paß | passport | *pa:ßpo:t* |
| Visum | visa | *visa* |
| Zoll | customs | *kaßtəms* |
| Zollgebühren | duty | *djuti* |

## Papierkrieg

| | | |
|---|---|---|
| Füllen Sie dieses Formular aus. | Fill in this form. | *fil in ðis fo:m.* |
| Unterschreiben Sie hier. | Sign here. | *ßain hiə.* |
| Ihr Paß ist abgelaufen. | Your passport is expired/no longer valid. | *jo pa:ßpo:t is ikßpaiəd/ nou longer välid.* |

### Wortliste Papierkrieg

| | | |
|---|---|---|
| Alter | age | *äidʒ* |
| Ausstellungsdatum | date of issue | *däit ov ißju* |
| Ausstellungsort (des Passes) | place of issue | *pläiß ov ißju* |
| Beruf | profession | *profeschn* |
| Datum | date | *däit* |
| Einreisedatum/Ausreisedatum | date of arrival/departure | *däit ov əraivəl/ dipa:tschə* |
| Formular | form | *fo:m* |
| Gebühren | charges | *tscha:dʒəs* |
| Geburtsdatum | date of birth | *däit ov böð* |
| Geburtsname („Mädchenname“) | maiden name | *mäidən näim* |
| Geburtsort | place of birth | *pläiß ov böð* |
| (Familien)-Name | surname | *ßönäim* |
| Staatsangehörigkeit | citizenship | *ßitisənschip* |
| Unterschrift | signature | *ßignətschə* |
| Vornamen | given names | *givən näims* |
| Wohnort | place of residence | *pläiß ov residenß* |

## Geldangelegenheiten

| | | |
|---|---|---|
| Wo kann ich Geld wechseln? | Where can I change money? | *weə kän ai tschäindʒ mani?* |
| Wo finde ich eine Bank/Wechselstube? | I am looking for a bank/exchange office/bureau de change. | *ai äm luking fo: ə bänk/ ikßtschäindʒ ofiß/bərou də tschäindʒ.* |

| | | |
|---|---|---|
| Ich möchte 100 DM in ... wechseln. | I would like to change 100 Marks into ...(pounds, dollars). | *ai wud laik tu tschäindʒ ə handrəd ma:kß intu ... (paunds, dola:s)* |
| Wie ist der Wechselkurs? | What is the exchange rate? | *wot is ði ikßtschäindʒ räit?* |
| Nehmen Sie diese Kreditkarte/Euroschecks? | Do you take this credit card/eurocheques? | *du ju täik ðiß kredit ka:d/ jurotschekß?* |
| Ich möchte diesen Euroscheck einlösen. | I would like to cash this eurocheque. | *ai wud laik to käsch ðiß jurotschek.* |
| Wie hoch darf ich den Scheck höchstens ausstellen? | What is the highest amount that can be drawn with the cheque? | *wot is ðə haießt āmaunt ðät kän bi dro:n wiðə tschek?* |
| Ich möchte 100 DM von meinem Postsparbuch abheben. | I would like to draw 100 Marks from my account. | *ai wud laik tu dro: ə handred ma:kß from mai əkaunt.* |

## Wortliste Geld

| | | |
|---|---|---|
| Bargeld | cash | *käsch* |
| Betrag | amount | *əmaunt* |
| Kasse | cash desk | *käsch deßk* |
| Konto | account | *əkaunt* |
| Kreditkarte | credit card | *kredit ka:d* |
| Scheck | cheque | *schek* |
| Scheckkarte | cheque card | *tschek ka:d* |
| Überweisung | transfer | *tränßfö* |
| Umtauschgebühren | commission | *komischn* |
| Währung | currency | *karenßi* |
| Wechselkurs | exchange rate | *ikßtschäindʒ* |

## Behördengänge

| | | |
|---|---|---|
| Wo ist das nächste Polizeirevier? | Where is the nearest police station? | *weə is ðə niəreßt polißßtäischn?* |
| Mein Paß ist verschwunden. | My passport has disappeared. | *mai pa:ßpo:t/tschekbuk häs dißəpiəd* |
| Man hat mein Auto aufgebrochen. | My car has been broken into. | *mai ka: häs bin broukn intu.* |

| | | |
|---|---|---|
| Ich bin ausgeraubt worden. | I have been robbed. | *aiv bin robd* |
| Taschendieb | pickpocket | *pikpokit* |
| Mir ist die Handtasche/der Paß/die Scheckkarte gestohlen worden. | My handbag/passport/cheque card has been stolen. | *mai händbäg/ pa:ßpo:t /tschek ka:d häs bin ßtoulən* |
| Die Schecks sind mir gestohlen worden. | My cheques have been stolen. | *mai tschekß häv bin ßtoulən.* |
| Ich habe meine Schecks/die Scheckkarte/den Paß verloren. | I have lost my cheques/cheque card/passport. | *ai häv loßt mai tschekß/ tschek ka:d/ pa:ßpo:t.* |
| Ich möchte Anzeige erstatten. | I would like to report something. | *ai wud laik to ripo:t ßamðing.* |
| Können Sie ein Protokoll aufnehmen? | Could you take down a report? | *kud ju täik daun ə ripo:t?* |
| Wo finde ich das deutsche/österreichische/ Schweizer Konsulat/Botschaft? | Where can I find the German/ Austrian/ Swiss consulate/embassy? | *weə kän ai faind ðə dʒömən/ ßwiß/ o:ßtriən konsjulit/embəßi?* |

## Telefonieren

| | | |
|---|---|---|
| Wo ist die nächste Telefonzelle? | Where is the nearest telephone booth? | *weə is ðə niəreßt teləfoun bu:ð?* |
| Können Sie mir das in Kleingeld wechseln? | Can you give me small change? | *kän ju giv mi ßmo:l tschäindʒ?* |
| Ich möchte nach Deutschland/Österreich/Schweiz telefonieren. | I would like to make a telephone call to Germany/ Austria/ Switzerland. | *ai wud laik tu mäik ə teləfoun ko:l tu dʒöməni/ o:ßtriə/ ßwitßəländ.* |
| Welche Kabine? | Which cabin? | *witsch käbin?* |
| Kann ich direkt wählen? | Can I dial direct? | *kän ai daiəl dairekt?* |
| Ich möchte ein R-Gespräch führen. | I would like to make a reversed charge call/ collect call. (Am.) | *ai wud laik tu mäik ə rivößt tscha:dʒis/ kolekt ko:l.* |
| Kann ich eine Telefon-Scheckkarte bekommen? | Can I get a phonecard? | *kän ai get ə founka:d?* |
| Mein Name ist ... | My name is ... | *mai näim is ...* |

| | | |
|---|---|---|
| Hier spricht ... | This is ... speaking. | *ðiß is ... ßpi:king.* |
| Kann ich Herrn/Frau ... sprechen? | May I speak to Mr/Mrs? | *mäi ai ßpi:k tu mißtə/mißis ...* |
| Mit wem spreche ich bitte? | Who am I speaking to? | *hu: äm ai ßpi:king tu?* |
| ... ist nicht zu Hause. | ... is not at home | *.. is not ät houm.* |
| Es ist besetzt. | The number is engaged. | *ðə nambə is ingäidʒd.* |
| Kann ich später wieder anrufen? | May I call again later? | *mäi ai ko:l əgen läitə?* |
| Bleiben Sie am Apparat. | Hold the line. | *hould ðə lain* |
| Warten Sie einen Moment. | Wait a moment. | *wäit ə moumənt.* |
| Falsch verbunden | wrong number | *rong nambə* |

**Telegrafieren**

| | | |
|---|---|---|
| Ich möchte ein Telegramm aufgeben. | I would like to send a telegram. | *ai wud laik tu ßend ə teləgräm.* |
| Wieviel kostet ein Telegramm nach ...? | How much does a telegram to ... cost? | *hau matsch das ə telə gräm tu ... koußt?* |
| pro Wort | per word | *pö wö:d* |

## Wortliste Telefonieren

| | | |
|---|---|---|
| Auskunft | enquiries | *inkwairis* |
| Branchentelefonbuch | yellow pages | *jelou päidʒis* |
| Ferngespräch | trunk call | *trank ko:l* |
| Gebühren | charges | *tscha:dʒəs* |
| Hörer | receiver | *rißi:və* |
| Ländervorwahl | country code | *kantri koud* |
| Münzfernsprecher | payphone | *päifoun* |
| R-Gespräch | reversed charges/ (Am.:) collect call | *rivößt tscha:dʒis/ kolekt ko:l* |
| Störung | interference | *intəfirenß* |
| Teilnehmer-Nummer | subscriber number | *ßəpßkraibə nambə* |
| Telefonbuch | telephone directory | *teləfoun dairəktori* |
| Ortsgespräch | local call | *loukəl ko:l* |

| | | |
|---|---|---|
| Ortsnetz-Vorwahl | trunk code | *trank koud* |
| Telefonzelle | phone booth | *foun buð* |
| Vermittlung | operator | *operäitə* |

**Telefonieren in Großbritannien**

*i* Ferngespräche kann man von jedem Münzfernsprecher aus führen. Dazu benötigt man Münzen im Wert von 10, 20 oder 50 p oder 1-£-Stücke. Die Vorwahl für die Bundesrepublik lautet 01049, für Österreich 01041, für die Schweiz 01043. Ein Summton zeigt an, daß man mit dem Wählen beginnen kann. Erst wenn die Verbindung hergestellt ist, ertönt ein Piepston, der zum Geldeinwerfen auffordert. Dadurch wird das Gespräch jeweils kurz unterbrochen.
Die Telefongesellschaft British Telecom (BT) gibt auch Telefonkarten aus. Sie sind bei BT-Stellen oder auch manchen Geschäften im Wert von 1, 2, 4 oder 10 £ erhältlich. Sie bieten den Vorteil, daß das Gespräch nicht ständig durch das Einwerfen der Münzen unterbrochen wird und man länger ungestört sprechen kann.

**Das englische Buchstabieralphabet**

| | | |
|---|---|---|
| A | Andrew | *ändru:* |
| B | Benjamin | *bendʒəmin* |
| C | Charlie | *tscha:li* |
| D | David | *däivid* |
| E | Edward | *edwəd* |
| F | Frederick | *fredərik* |
| G | George | *dʒo:dʒ* |
| H | Harry | *häri* |
| I | Isaac | *aißäk* |
| J | Jack | *dʒäk* |
| K | King | *king* |
| L | Lucy | *lu:ßi* |
| M | Mary | *mä:ri* |
| N | Nellie | *neli* |
| O | Oliver | *ollivə* |
| P | Peter | *pi:tə* |
| Q | Queenie | *kwi:ni* |
| R | Robert | *robət* |

| | | |
|---|---|---|
| S | Sugar | *schugə* |
| T | Tommy | *tomi* |
| U | Uncle | *ankl* |
| V | Victor | *viktə* |
| W | William | *wiljəm* |
| X | Xmas | *krißməß* |
| Y | Yellow | *jelou* |
| Z | Zebra | *ze* |

Beachten Sie, daß beim Diktieren von Nummern die Ziffer Null nicht "zero", sondern "O" (*ou*) heißt - wie der Buchstabe. Die Vorwahl in die Bundesrepublik lautet also *ou wan ou fo: nain.*

*Die einst so typischen roten Telefonzellen sind leider seltener geworden*

# Essen und Trinken

Die englische Küche ist besser als ihr Ruf. Es gibt eine Reihe hervorragender Restaurants, die gute englische Küche oder eine international orientierte Speisekarte bieten. Wer Wert auf frischen Fisch und Meeresfrüchte legt, ist auf den Britischen Inseln richtig.

## Restaurant

| | | |
|---|---|---|
| Können Sie mir ein gutes Restaurant empfehlen? | Can you recommend a good restaurant? | *kän ju rikomend ə gud reßtəront?* |
| Gibt es hier ein preiswertes und gutes Restaurant? | Is there a good and moderately priced restaurant? | *is ðeə ə gud änd modərətli praißd reßtəront?* |
| Empfiehlt es sich, einen Tisch vorzubestellen? | Would you recommend to reserve a table? | *wud ju rikomend tu risöw ə täibl?* |
| Ich möchte einen Tisch für ... Personen für heute abend reservieren. | I would like to book a table for ... persons for tonight. | *ai wud laik tu buk ə täibl fo: ... pößəns fo: tunait.* |
| Ist dieser Platz besetzt? | Is this seat taken? | *is ðiß ßi:t täiken?* |
| Die Speisekarte bitte. | The menu, please. | *ðə menju, pli:s.* |
| Haben Sie schon gewählt? | Have you already chosen? | *häv ju olredi tschousən?* |
| Nehmen Sie einen Aperitif? | Do you take an aperitif? | *du ju täik ən äperitiv?* |
| Was darf ich Ihnen bringen? | What may I bring you? | *wot mäi ai bring ju?* |
| Was möchten Sie essen/trinken? | What would you like to eat/drink? | *wot wud ju laik tu i:t/drink?* |
| Ich möchte gern ein Bier vom Faß. | I would like a glass of draught beer. | *ai wud laik ə glaß ov draft biə.* |

| | | |
|---|---|---|
| ein Glas ... | a glass of ... | *ə glaß ov ...* |
| Bier/ Wein/ Limonade/ Saft/ Mineralwasser | beer/ wine/ lemonade/ juice/mineral water | *biə/ wain/ lemə näid/dʒu:ß/minərəl wo:tə* |
| Rosé/Rotwein/Weiß-wein | rosé/red/white wine | *rose:/red/wait wain* |
| Was nehmen Sie als Vorspeise/Hauptgericht/Nachspeise? | What would you like as a starter/ main dish/ dessert? | *wot wud ju laik äs ə ßta:tə/ mäin disch/ disöt.* |
| Ich nehme ... | I'll have ... | *ail häv ...* |
| Das habe ich nicht bestellt. | I did not order this. | *ai did not o:də ðiß.* |
| Ich brauche ein Messer/ eine Gabel/ einen Löffel/ einen weiteren Teller/ein Glas. | I need a knife/fork/spoon/another plate/a glass. | *ai ni:d ə naif/ fo:k/ ßpu:n/ənaðə pläit/ə glaß.* |
| Wir hätten gern noch etwas Brot/Wein/Wasser. | We would like to have some bread/wine/water, please. | *wi wud laik tu häv sam bred/ wain/ wotə, pli:s.* |
| Hat es geschmeckt? | Did you enjoy your meal? | *did ju indʒoi jo mi:l?* |
| Das Essen war hervorragend/sehr gut/versalzen. | The meal was delicious/very good/too salty. | *ðə mi:l wos dilischəß/ veri gud/ tu ßolti.* |
| Das Fleisch war zäh. | The meat was tough. | *ðə mi:t wos taf.* |
| Haben Sie noch einen Wunsch? | Would you like anything else? | *wud ju laik äni:ðing elß?* |
| Die Rechnung bitte. | The bill/ (Am.:) check, please. | *ðə bil/tschek, pli:s.* |
| Das geht zusammen/getrennt. | One bill/two separate bills, please | *wan bil/ tu bi:ls, pli:s.* |
| mit Mehrwertsteuer/Bedienung inbegriffen | VAT included/service included | *viäiti:/ßöviß inkludid* |
| Wo finde ich die Waschräume/Toiletten? | Where are the lavatories, please? | *weə a: ðə lävətoris, pli:s?* |
| Damen/Herren | ladies/(gentlemen) gents | *läidis/(dʒentəlmən) dʒentß* |
| Abendessen | evening meal | *ivəning mi:l* |
| Apfelwein | cider | *ßaidə* |

## Wortliste Restaurant

| | | |
|---|---|---|
| Bedienung | service | *ßövißß* |
| Besteck | cutlery | *katləri* |
| Bier | beer | *biə* |
| Brot(scheibe) | bread roll | *bred roul* |
| Dessert | dessert | *disöt* |
| durchgebraten (Steak) | well done | *wel dan* |
| Essig | vinegar | *vinəga* |
| Eßlöffel | tablespoon | *täiblßpu:n* |
| fett | fat | *fät* |
| Frühstück | breakfast | *brekfəßt* |
| Gebäck | cakes | *käikß* |
| Gabel | fork | *fo:k* |
| gebraten | fried | *fraid* |
| gegrillt | grilled, roast | *grild, roußt* |
| gekocht | cooked/boiled | *kukt/boild* |
| gefüllt | stuffed | *ßtaft* |
| Gemüse | vegetables | *vedʒətəbls* |
| geräuchert | smoked | *ßmoukt* |
| Gericht | dish | *disch* |
| Getränke | beverages | *bevərədʒəs* |
| Glas | glass | *glaß* |
| gut durch (Steak) | well done | *wel dan* |
| halb durch (Steak) | medium | *midiəm* |
| kaum durch (Steak) | rare | *räə* |
| Hauptspeise | main dish | *mäin disch* |
| Kaffee | coffee | *kofi* |
| Kännchen | pot | *pot* |
| Kellner/in | waiter/waitress | *wäitə/ wäitreß* |
| Limonade | lemonade | *lemənäid* |
| Meeresfrüchte | seafood | *ßifu:d* |
| Messer | knife | *naif* |
| Mittagessen | lunch | *lantsch* |
| Nachspeise | dessert | *disöt* |

| | | |
|---|---|---|
| Obst | fruit | *fru:t* |
| Pastete | pasty/pie | *pa:ßti/pai* |
| roh | raw | *ro:* |
| Rechnung | bill/(Am.:) check | *bil/tschek* |
| Saft | juice | *dʒu:ß* |
| sauer | sour | *saur* |
| heiße Schokolade | hot chocolate | *hot tschoklət* |
| Speisekarte | menu | *menju* |
| Stück (Kuchen) | piece of (cake) | *pi:ß ov (käik)* |
| süß | sweet | *ßwi:t* |
| Suppe | soup | *su:p* |
| Tasse | cup | *kap* |
| Tee | tea | *ti:* |
| Teelöffel | teaspoon | *ti:ßpu:n* |
| Teller | plate | *pläit* |

*English Roast Beef: eine deftige Mahlzeit*

| | | |
|---|---|---|
| Trinkgeld | tip | *tip* |
| Vorspeise | starter | *ßta:tə* |
| Wasser | water | *wo:tə* |
| Wein | wine | *wain* |

## Die Speisekarte

### Frühstück und Kleinigkeiten

| | | |
|---|---|---|
| bacon and eggs | *bäikən änd egs* | Schinken mit (Spiegel-)Eiern |
| baked beans | *bäikt bi:ns* | weiße Bohnen in Tomatensauce |
| black pudding | *bläk puding* | Blutwürstchen |
| boiled egg | *boild eg* | gekochtes Ei |
| butter roll | *batə roul* | Brötchen mit Butter |
| cheese sandwich | *tschi:s ßändwitsch* | Käsebrot |
| fried egg | *fraid eg* | Spiegelei |
| ham sandwich | *häm ßändwitsch* | Schinkenbrot |
| jam | *dʒäm* | Marmelade |
| marmelade | *ma:məläid* | Orangenmarmelade |
| omelette | *o:mlit* | Omelette |
| pancake | *pänkäik* | Pfannkuchen |
| sandwich | *ßändwitsch* | belegtes Toast |
| sausage | *ßoßidʒ* | Würstchen |
| scrambled eggs | *ßkrämbld egs* | Rühreier |
| white pudding | *wait puding* | Weißwürstchen |

### Vorspeisen

| | | |
|---|---|---|
| broth | *broð* | Brühe |
| gammon | *gämən* | Schinken |
| paté de foie gras | *pati də fuə gra:* | Gänseleberpastete |
| smoked salmon | *ßmoukt ßämən* | geräucherter Lachs |
| snails | *ßnäils* | Weinbergschnecken |

### Fische und Schalentiere

| | | |
|---|---|---|
| cockles | *kokls* | Herzmuscheln |
| cod | *kod* | Kabeljau |
| crab | *kräb* | Krabbe |

| | | |
|---|---|---|
| eel | *i:l* | Aal |
| haddock | *hädok* | Schellfisch |
| herring | *hering* | Hering |
| lobster | *lobßtə* | Hummer |
| mackerel | *mäkrəl* | Makrele |
| mussels | *maßəls* | Miesmuscheln |
| oysters | *oißtəs* | Austern |
| pike | *paik* | Hecht |
| plaice | *pläiß* | Scholle |
| prawns | *pro:ns* | Garnelen |
| rainbow trout | *räinbou traut* | Regenbogenforelle |
| roe | *rou* | Rogen |
| salmon | *sämən* | Lachs |
| scallops | *ßkäləpß* | Kammuscheln |
| shrimps | *schrimpß* | Krabben, kleine Garnelen |
| sole | *soul* | Seezunge |
| trout | *traut* | Forelle |
| tunny/tuna | *tani/tjuna* | Thunfisch |
| whelks | *welks* | Wellhornschnecken |
| whiting | *waiting* | Wittling, Merlan |

**Fleisch**

| | | |
|---|---|---|
| beef | *bi:f* | Rindfleisch |
| best rib | *beßt rib* | Ochsenkotelett |
| cutlet/ chop | *katlet/tschop* | Kotelett |
| fillet | *filət* | Filet |
| kidney | *kidni* | Niere |
| lamb | *läm* | Lammfleisch |
| leg | *leg* | Keule |
| liver | *livə* | Leber |
| minced meat | *minßt mi:t* | Hackfleisch |
| mutton | *matn* | Hammelfleisch |
| pork | *po:k* | Schweinefleisch |
| sparerib (Am.) | *ßpäərib* | Rippchen (beim Schwein) |

| | | |
|---|---|---|
| rump steak | *ramp ßtäik* | Rumpsteak |
| sirloin | *ßöloin* | Rumpsteak |
| stew | *stju:* | Eintopf |
| veal | *vi:l* | Kalbfleisch |

**Geflügel**

| | | |
|---|---|---|
| chicken | *tschikn* | Huhn |
| duck | *dak* | Ente |
| goose | *gu:s* | Gans |
| pheasant | *fesnt* | Fasan |
| turkey | *töki* | Pute |

**Wild**

| | | |
|---|---|---|
| hare | *häə* | Hase |
| rabbit | *räbit* | Kaninchen |
| venison | *venisən* | Reh |

**Gemüse (und Beilagen)**

| | | |
|---|---|---|
| asparagus | *əßpärəgəs* | Spargel |
| baked potatoes | *bäikd potäitous* | gebackene Kartoffeln |
| beans | *bi:ns* | Bohnen |
| Brussels sprouts | *braßəl ßprauts* | Rosenkohl |
| carrots | *kärətß* | Möhren |
| cauliflower | *ko:liflaur* | Blumenkohl |
| chips | *tschips* | Pommes frites |
| coleslaw | *koulßlo:* | Weißkohlsalat |
| green pepper | *gri:n pepə* | grüner Paprika |
| leek | *li:k* | Porree |
| mashed potatoes | *mäscht potäitous* | Kartoffelbrei |
| mushrooms | *maschru:ms* | Pilze |
| noodles | *nudls* | Nudeln |
| onions | *onjəns* | Zwiebeln |
| peas | *pi:s* | Erbsen |
| potatoes | *potäitous* | Kartoffeln |
| red pepper | *red pepə* | roter Paprika |
| rice | *raiß* | Reis |
| spinach | *ßpinətsch* | Spinat |

| | | |
|---|---|---|
| tomatoes | *tomatous* | Tomaten |
| white cabbage | *wait käbədʒ* | Weißkohl |

**Nachspeisen**

| | | |
|---|---|---|
| apple pie | *äpl pai* | Apfelkuchen |
| buns | *bans* | Hefegebäck |
| cream | *kri:m* | Sahne |
| custard | *kaßtəd* | Vanillesauce |
| doughnut | *dounat* | Berliner |
| icecream | *aiß kri:m* | Eis |
| clotted cream | *klotid kri:m* | extra dicke süße Sahne |
| cream cake | *kri:m käik* | Sahnetorte |
| fruit pie | *fru:t pai* | Obstkuchen |
| scones | *skons* | Rosinenbrötchen |

*Auch in vielen Pubs werden kleine Gerichte angeboten*

| | | |
|---|---|---|
| cream tea | *kri:m ti:* | eine Kanne Tee, zu der Pralinen und Kleingebäck gereicht werden |

**Typische englische Gerichte**

In vielen englischen *pubs* und *inns* kann man sehr gut und dazu recht preiswert essen. Einige kleine Gerichte, die man dort genießen kann:

| | | |
|---|---|---|
| steak and kidney pie | *ßtäikəndkidnipai* | Pastete aus Rindfleisch und Nieren |
| Cornish pasty | *ko:nisch pa:ßti* | mit Gemüse und Fleisch gefüllte Pastete |
| ploughman's lunch | *plauməns lantsch* | Käsewürfel mit süß-sauer eingelegtem Gemüse |
| Yorkshire pudding | *jo:kschiə puding* | Eiergericht, das schmeckt und aussieht wie Brot |
| faggot | *fägət* | Frikadelle aus Innereien (Leber, Lunge etc.) |
| Scotch egg | *ßkotsch eg* | hartgekochtes Ei im Teigmantel |
| potted crab | *potid kräb* | im Ofen in Butter und mit feinen Gewürzen (Muskat) gebackenes Krabbenfleisch |
| toad in the hole | *toud in ðə houl* | kleine Würstchen im Backteig |
| pickles | *pikls* | in Malzessig eingelegtes süß-saures Gemüse |

**Die Biersorten in Großbritannien**

i ale (*äil*) – das englische Standard-Bier, obergärig gebraut. Es gibt von *pale ale* bis *brown ale* alle möglichen Varianten.

bitter (*bitə*) – stark gehopftes Ale, daher der leicht bittere Geschmack.

porter, stout (*po:tə, ßtaut*) – starkes, dunkles Bier, mit etwa 5% Alkohol stärker als Ale. Guinness ist ein typisches Stout.

lager (*la:gə*) – ähnelt dem deutschen Pils; die einzige englische Biersorte, die untergärig gebraut wird.

## Andere Einkehrmöglichkeiten

| | | |
|---|---|---|
| Schnellimbiß | fast food/ take-away | *fa:ßt fu:d/ täik əwäi* |
| Selbstbedienungsrestaurant | cafeteria/ café/ snack-bar | *käfiti:riə/ käfi/ ßnäkba:* |
| Bar | bar | *ba:* |
| Café | tea room/ coffee shop | *ti: ru:m/ kofi schop* |
| Kneipe | pub (=public house) | *pab* |
| Gasthaus | inn | *in* |
| mit Alkoholausschank | licensed | *laißenßt* |

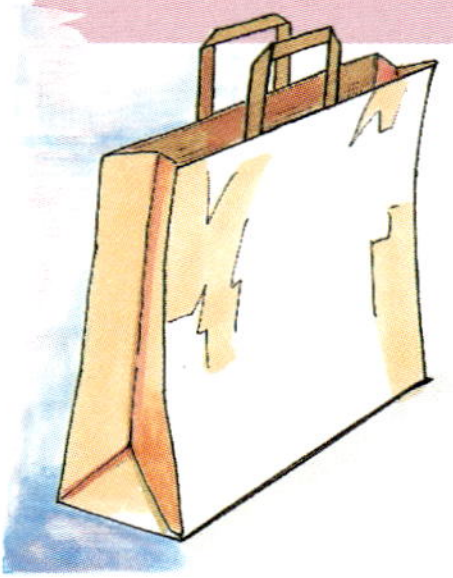

## Einkaufen

In Großbritannien gelten großzügige Ladenschlußgesetze: Viele kleinere Supermärkte halten von 8 Uhr morgens bis 8 Uhr abends geöffnet, mindestens aber von 9 bis 17.30 Uhr.

Ein Tag in der Woche ist *early closing day*, oft ist es der Mittwoch. Dann bleiben die Geschäfte am Nachmittag geschlossen. An einem anderen Wochentag ist dagegen bis 19 Uhr mindestens geöffnet. Samstag gilt als normaler Werktag.

| | | |
|---|---|---|
| Öffnungszeiten | opening hours | *oupəning auəs* |
| geöffnet/geschlossen | open/closed | *oupən/ klousd* |
| Ferien | holidays | *holidäis* |
| Krankheit | illness | *ilnəß* |

## Ladentypen

| | | |
|---|---|---|
| Antiquariat (Bücher) | secondhand book shop | *ßekənd händ buk schop* |
| Antiquitäten | antique shop | *änti:k schop* |
| Apotheke | chemist/pharmacy | *kemißt/fa:məßi* |
| Bäcker | baker | *bäikə* |
| Buchhandlung | book shop | *buk schop* |
| Damenbekleidung | ladies' wear | *läidis weə* |
| Drogerie | drugstore/chemist's | *dragßto:/kemißtß* |
| Elektrogeschäft | electrical goods shop | *ilektrikl guds schop* |
| Eisenwaren | ironmonger /(Am.:) hardware | *aiənmangə/ ha:dwäə* |
| Feinkostgeschäft | delikatessen | *delikəteßn* |
| Fischgeschäft | seafood/fishmonger's | *ßi:fu:d/ fischmangəs* |
| Fotogeschäft | photography | *fotogrəfi* |
| Frisör | hairdresser | *häədreßə* |
| Gemüse/Obsthändler | greengrocer | *gri:ngroußə* |
| Haushaltswaren | household goods | *haushould guds* |
| Herrenbekleidung | men's wear | *mens weə* |
| Juwelier | jeweller | *dʒuelə* |

| | | |
|---|---|---|
| Kaufhaus | department store | *dipa:tmənt ßto:* |
| Kinderkleidung | children's wear | *tschildrəns ueə* |
| Konditorei | confectionery | *konfekschənri* |
| Lebensmittel | grocery | *groußri* |
| Lederwaren | leather goods | *leðə guds* |
| Metzger | butcher | *butschə* |
| Milchgeschäft | dairy shop | *deəri schop* |
| Möbelgeschäft | furniture shop | *fönitschə schop* |
| Optiker | optician | *optischn* |
| Papierwaren | stationery | *ßtäischnri* |
| Schneiderei | tailor's shop | *täiləs schop* |
| Schuhgeschäft | shoe shop | *schu schop* |
| Spielwarenhandlung | toy shop | *toi schop* |
| Sportartikel | sports equipment | *ßpo:tß ikwipmənt* |
| Tabakladen | tobacconist's shop | *toubäkənißtß schop* |
| Trödler | second hand shop | *ßekənd händ schop* |
| Uhrmacher | watchmaker | *wotschmäikə* |
| Wäsche/Miederwaren | underwear | *andəweə* |
| Weinhandlung | wine shop | *wain schop* |
| Zeitungshändler | newsagent | *nußäidʒənt* |

## Im Laden und auf dem Markt

| | | |
|---|---|---|
| Sie wünschen? | What would you like?/Can I help you? | *wot wud ju laik/ kän ai help ju?* |
| Ich schaue mich nur um, danke. | I am just looking. | *aim dʒəßt luking.* |
| Geben Sie mir bitte 1 Kilo/1 Pfund ... | Please give me one kilo/one pound of ... . | *pli:s giv mi wan kilou/ paund ov ...* |
| Geben Sie mir bitte 3 von diesen Äpfeln/... | Please give me three of these apples ... | *pli:s giv mi ðri ov ði:s äpls.* |
| Wieviel kostet das? | How much is it? | *hau matsch is it?* |
| klein/groß | small/large (big) | *ßmo:l/la:dʒ (big)* |
| ein paar/ einige | a few | *ə fju:* |
| weniger/mehr | less/more | *leß/mo:* |
| Darf es auch etwas mehr sein? | Could it be a little more? | *kud it bi: ə litl mo:?* |

| | | |
|---|---|---|
| Das ist zuviel. | This is too much. | *ðiß is tu matsch.* |
| Noch etwas? | Anything else? | *äniðing elß?* |
| Das ist alles, danke. | This is all, thank you. | *ðiß is o:l, ðänk ju.* |
| Beutel | bag | *bäg* |
| Bund | bunch/ lot | *bantsch/ lot* |
| Dose | tin/ can | *tin/ kän* |
| Einkaufstüte | shopping bag | *schoping bäg* |
| Paket (kleines) | packet | *päkit* |
| Paket (großes) | package | *päkidʒ* |
| Scheibe (Wurst/Käse, Brot) | slice | *ßlaiß* |
| Stück (Kuchen) | piece | *pi:ß* |

## Auf der Post

| | | |
|---|---|---|
| Briefmarken für einen Brief/eine Postkarte nach Deutschland/ Österreich/ Schweiz | stamps for a letter/a postcard to Germany/ Austria/ Switzerland | *ßtämpß fo: ə letə/ ə poußtka:d tu dʒömәni/ o:ßtriə/ switsəländ* |
| Ich möchte ein Päckchen/Paket nach ... aufgeben. | I would like to send a small parcel/parcel (Am.:) package to ... | *ai wud laik tu ßend ə ßmo:l pa:ßl/paßl (Am.:) päkidʒ tu ...* |
| Wie muß ich diesen Brief frankieren? | How do I have to stamp this letter? | *hau du ai häv tu ßtämp ðiß letə?* |
| Ich möchte einen Brief abholen. | I would like to collect a letter. | *ai eəd laik tu kolekt ə letə.* |
| postlagernd | poste restante/ (Am.:) general delivery | *poußt reßtont/ (Am.:) dʒenərəl dilivri* |

## *Wortliste Post*

| | | |
|---|---|---|
| Brief | letter | *letə* |
| Briefkasten | letter box | *letə boks* |
| Eilbrief | express letter | *ikßpreß letə* |
| Einschreiben | registered letter | *redʒißtəd letə* |
| Luftpost | air mail | *äə mäil* |
| Postamt | post office | *poußt ofiß* |
| Postanweisung | postal order | *poußtəl o:də* |

| | | |
|---|---|---|
| Päckchen | small parcel | *ßmo:l pa:ßl* |
| Paket | parcel/(Am.:) package | *pa:ßl/ (Am.:) päkidʒ* |
| Postkarte | postcard | *poußtka:d* |
| telegrafische Überweisung | telegraphic remittance | *teləgräfik rimitənß* |
| Zahlkarte | paying in form | *päijing in fo:m* |

## Kaufhaus/Supermarkt

| | | |
|---|---|---|
| Wo finde ich ...? | Where can I find ...? | *weə kän ai faind?* |
| Ich suche ...? | I am looking for ... | *aim luking fo: ...* |
| Kann ich es anprobieren? | Can I try it on? | *kän ai trai it on?* |
| Es paßt. | It fits. | *it fitß.* |
| Ich nehme es. | I'll take it. | *ail täik it.* |
| Ich überlege es mir noch. | I'll think it over. | *ail ðink it ouvə.* |
| Ich möchte dieses ... umtauschen. | I would like to change this ... for another one. | *ai wud laik tu tschäindʒ ðiß ... fo: ənaðə wan.* |
| Kann ich das Geld zurückbekommen? | Can I get a refund? | *kän ai get ə ri:fand?* |
| Es ist zu groß/zu klein/zu eng. | It is too large/too small/too tight. | *it is tu la:dʒ/tu ßmo:l/tu tait.* |
| Farbe | colour | *kalə* |
| Größe | size | *ßais* |
| Material | material | *mətiəriəl* |

## *Wortliste Kaufhaus*

| | | |
|---|---|---|
| 1./2./3./4. Stock | first/second/third/forth floor | *fößt/ßekənd/ðöd/fo:ð flo:* |
| Basement | basement | *bäißment* |
| Bedienung | service | *ßöviß* |
| Damenbekleidung | ladies' wear | *läidis weə* |
| Erdgeschoß | ground floor | *graund flo:* |
| Fahrstuhl | lift | *lift* |
| Geschenkartikel | presents | *presəntß* |
| Herrenbekleidung | men's wear | *mens weə* |

| | | |
|---|---|---|
| Kasse | cash desk | *käsch deßk* |
| Kinderbekleidung | children's wear | *tschildrəns weə* |
| Kurzwaren | haberdashery | *häbədäschri* |
| Lebensmittel | food | *fu:d* |
| Lederwaren | leather goods | *leðə guds* |
| Parkhaus | multistorey car park | *maltißtori ka: pa:k* |
| Reklamation | complaint | *kompläint* |
| Rolltreppe | escalator | *eßkəläitə* |
| Spielzeugwaren | toys | *tois* |
| Sportabteilung | sports equipment | *ßpo:tß ekipmənt* |
| Süßwaren | sweets | *switß* |
| Untergeschoß | basement | *bäißmənt* |
| Verkäufer/in | shop assistant | *schop əßistənt* |
| (Damen-)Wäscheabteilung | lingerie | *ländʒeri* |

## Warenliste Lebensmittel: Obst, Gemüse und Gewürze

| | | |
|---|---|---|
| Ananas | pineapple | *painäpl* |
| Anis | aniseed | *änisi:d* |
| Apfel | apple | *äpl* |
| Apfelsine | orange | *orindʒ* |
| Aprikosen | apricot | *äprikət* |
| Artischocke | artichoke | *a:titschouk* |
| Aubergine | aubergine/ egg-plant | *oubəʒi:n/ egplant* |
| Banane | banana | *bəna:nə* |
| Basilikum | basil | *bäsil* |
| Birne | pear | *peə* |
| Blumenkohl | cauliflower | *ko:liflauə* |
| Bohnen, Stangen- | runner beans | *ranə bi:ns* |
| Brombeeren | bramble | *brämbl* |
| Chicorée | chicory/ (Am.:) endive | *tschikori/ (Am.:) endaiv* |
| Datteln | dates | *däitß* |
| Dill | dill | *dil* |
| Erbsen | peas | *pi:s* |
| Erdbeeren | strawberries | *ßtro:beri* |

| | | |
|---|---|---|
| Erdnüsse | peanuts | *pi:nats* |
| Estragon | tarragon | *tärəgon* |
| Feigen | figs | *figs* |
| Fenchel | fennel | *fenil* |
| Gemüse | vegetables | *wedʒetəbls* |
| Gurke (Salat-) | cucumber | *kjukambə* |
| Gurken (eingelegte) | gherkins | *gökins* |
| Haferflocken | rolled oats | *rould outß* |
| Haselnüsse | hazelnuts | *häslnatß* |
| Himbeeren | raspberries | *raßpberis* |
| Honigmelone | honeydew melon | *hanidju melən* |
| schwarze/rote Johannisbeeren | black/red currants | *bläk/red karəntß* |
| Kapern | capers | *käipəs* |
| Karotten | carrots | *kärətß* |
| Kartoffeln | potatoes | *pətäitous* |

*Carnaby Street, London: hier kann man kaufen, was chic und modisch ist*

| | | |
|---|---|---|
| Kastanien | sweet chestnuts | *ßwit tscheßtnatß* |
| Kerbel | chervil | *tschövil* |
| Kichererbsen | chick-pea | *tschikpi:* |
| Kirschen | cherries | *tscheris* |
| Knoblauch | garlic | *ga:lik* |
| Kohl | cabbage | *käbidʒ* |
| Kokosnuß | coconut | *koukənat* |
| Kopfsalat | lettuce | *letjuß* |
| Kürbis | pumpkin | *pamkin* |
| Lauch | leek | *li:k* |
| Linsen | lentils | *lentils* |
| Macis | mace | *mäiß* |
| Mais | maize/(Am.:) corn | *mäis/ ko:n* |
| Majoran | marjoram | *ma:dʒrəm* |
| Mandeln | almond | *a:mənd* |
| Meerrettich | horseradish | *ho:ßrädisch* |
| Melone | melon | *məlon* |
| Minze | mint | *mint* |
| Muskatnuß | nutmeg | *natmeg* |
| Nüsse | nuts | *nats* |
| Obst | fruit | *fru:t* |
| Oliven | olives | *olivs* |
| Orange | orange | *orindʒ* |
| Oregano | marjoram | *ma:dʒrəm* |
| Paprika, Gemüse- | sweet pepper | *ßwit pepə* |
| Pampelmuse | grapefruit | *gräipfru:t* |
| Paranüsse | brazil nut | *brəsil nat* |
| Petersilie | parsley | *pa:ßli* |
| Pfeffer | pepper | *pepə* |
| Pfirsich | peach | *pi:tsch* |
| Pflaume | plum | *plam* |
| Porree | leek | *li:k* |
| Quitte | quince | *kwins* |
| Reis | rice | *raiß* |
| Rettich | radish | *rädisch* |

| | | |
|---|---|---|
| Rosenkohl | Brussels sprouts | *braßl ßprautß* |
| Rosinen | raisin | *räisin* |
| Rosmarin | rosemary | *rousməri* |
| Rote Bete | beetroot | *bi:tru:t* |
| Safran | saffron | *ßäfrən* |
| Salbei | sage | *ßäidʒ* |
| Salz | salt | *ßolt* |
| Schnittlauch | chives | *tschaivs* |
| Sellerie | celery | *ßeləri* |
| Senf | mustard | *maßtəd* |
| Spargel | asparagus | *äßpä:rəgəß* |
| Spinat | spinach | *ßpinətsch* |
| Thymian | thyme | *taim* |
| Tomaten | tomatoes | *təma:tous* |
| Trauben | grapes | *gräipß* |
| Walnüsse | walnuts | *wolnats* |
| Weintrauben | grapes | *gräipß* |
| Zitrone | lemon | *lemən* |
| Zwiebeln | onions | *onjəns* |

**Sonstige Lebensmittel**

| | | |
|---|---|---|
| Bier | beer | *biə* |
| Brot | bread | *bred* |
| Brötchen | bread roll | *bred roul* |
| Butter | butter | *batə* |
| Eier | eggs | *egs* |
| Essig | vinegar | *vinəga:* |
| Fisch | fish | *fisch* |
| Fleisch | meat | *mi:t* |
| Hackfleisch | minced meat | *minßd mi:t* |
| Hähnchen | chicken | *tschikn* |
| Kalbfleisch | veal | *vi:l* |
| Kaninchen | rabbit | *räbit* |
| Joghurt | yaourt, yoghurt | *jogət* |
| Käse | cheese | *tschi:s* |
| Kaffee | coffee | *kofi* |

| | | |
|---|---|---|
| Kekse | cookies | *kukis* |
| Kindernahrung | baby food | *bäibi fu:d* |
| Kuchen | cake | *käik* |
| Lamm | lamb | *lam* |
| Limonade | lemonade | *lemənäid* |
| Malz | malt | *molt* |
| Mayonnaise | mayonnaise | *mäiənäis* |
| Meeresfrüchte | seafood | *ßifud* |
| Mehl | flour | *flauə* |
| Milch | milk | *milk* |
| Muscheln | mussles | *maßls* |
| Öl | oil | *oil* |
| Quark | curd cheese | *köd tschi:s* |
| Pute | turkey | *töki* |
| Rind | beef/ox | *bif/oks* |
| Roggen | rye | *rai* |
| Sahne, süße Schlag- | whipped cream | *wipt kri:m* |
| Schnecken | snails | *ßnäils* |
| Schokolade | chocolate | *tschoklət* |
| Schwein | pork | *po:k* |
| Süßigkeiten | sweets | *ßwitß* |
| Tee | tea | *ti:* |
| Wachtel | quail | *kwäil* |
| Weizen | wheat | *wi:t* |
| Wein | wine | *wain* |
| Würstchen | sausages | *ßoßidʒis* |
| Wurst | sausage | *ßoßidʒ* |
| Ziege | goat | *gout* |
| Zucker | sugar | *schugə* |

**Weitere Ausdrücke**

| | | |
|---|---|---|
| faul | rotten | *rotn* |
| frisch | fresh | *fresch* |
| gemahlen | ground | *graund* |
| geschnitten (in Scheiben) | sliced | *ßlaißt* |

| | | |
|---|---|---|
| getrocknet | dried | *draid* |
| fritiert | deep fried | *di:p fraid* |
| roh | raw | *ro:* |
| schimmelig | mouldy | *mouldi* |
| verdorben | rotten/bad | *rotn/bäd* |
| zum Grillen/ Kochen/ Braten/ Schmoren | for grilling/ cooking/ frying/ braising | *fo: griling/ kuking/ fraiing/ bräising* |

## Warenliste Kleidung

| | | |
|---|---|---|
| Badeanzug | bathing suit/swimsuit | *bäiđing ßu:t/ ßwimßu:t* |
| Badehaube | bathing cap | *bäiđing käp* |
| Badehose | bathing trunks | *bäiđing trankß* |
| Bademantel | bathrobe | *bađroub* |
| Badeschuhe | bathing shoes | *bäiđing schu:s* |
| Baumwolle | cotton | *kotən* |

*Immer frisch: von der Auster bis zum Kabeljau – das Angebot ist vielfältig*

| | | |
|---|---|---|
| Bikini | bikini | *biki:ni* |
| BH | bra | *bra:* |
| Blazer | blazer | *bläisə* |
| Bluse | blouse | *blaus* |
| Gummistiefel | wellingtons (Brit.)/ gum boots | *welingtəns/ gam bu:tß* |
| Halstuch | scarf | *ßka:v* |
| Handtuch | towel | *tauəl* |
| Handschuhe | gloves | *glavs* |
| (Faust)-Handschuhe | mittens | *mitəns* |
| Hemd | shirt | *schö:t* |
| Hose | trousers/ (Am.:) pants | *trausəs/ päntß* |
| Hut | hat | *hät* |
| Jacke | jacket | *dʒäkit* |
| (Strick-)Jacke | vest | *veßt* |
| Jeans | jeans | *dʒi:ns* |
| Kleid | dress | *dreß* |
| Kostüm | suit | *su:t* |
| Krawatte | tie | *tai* |
| Leder | leather | *läðə* |
| Mantel | coat | *kout* |
| Mütze | cap | *käp* |
| Nachthemd | nightgown | *naitgaun* |
| Pullover | sweater, jumper | *ßwetə/dʒampə* |
| Pullunder/ärmelloser Pullover | slipover/sleeveless sweater | *ßlipouvə/ßli:vleß ßwetə* |
| Regenjacke | rainjacket | *räindʒäkit* |
| Regenmantel | raincoat | *räinkout* |
| Regenschirm | umbrella | *ambrela* |
| Rock | skirt | *ßkö:t* |
| Sakko | jacket | *dʒäkit* |
| Sandalen | sandals | *ßändəls* |
| Schal | scarf | *ßka:v* |
| Schlafanzug | pyjamas/ (Am.:) pajamas | *pədʒäməs* |
| Shorts | shorts | *scho:tß* |

| | | |
|---|---|---|
| Socken | socks | *ßokß* |
| Sonnenhut | sun hat | *ßan hät* |
| Stiefel | boots | *bu:tß* |
| (Damen)Strümpfe | stockings | *ßtokings* |
| Strumpfhose | tights | *taitß* |
| Taschentuch | handkerchief | *hänkətschi:f* |
| T-Shirt | t-shirt | *ti: schö:t* |
| Unterhemd | vest | *veßt* |
| Unterhose | drawers/ (under)pants (für Männer) | *dro:s/ (andə)päntß* |
| Unterwäsche | underwear | *andəweə* |
| Weste | waistcoat | *wäißkout* |
| Wolle | wool | *wu:l* |

**Sonstiges**

| | | |
|---|---|---|
| Abfallbeutel | dustbin liner | *daßtbin lainə* |
| Batterie | battery | *bätəri* |
| Briefpapier | writing paper | *raiting päipə* |
| Brille | glasses/ spectacles | *glaßis/ ßpektəkls* |
| Bücher | books | *bukß* |
| Damenbinden | sanitary towels | *ßänitəri tauəls* |
| Deodorant | deodorant | *dioudərənt* |
| Dosenöffner | can opener | *kän oupənə* |
| Feuerzeug | lighter | *laitə* |
| Flaschenöffner | bottle opener | *botl oupənə* |
| Glühbirne | light bulb | *lait balb* |
| Grillkohle | charcoal | *tscha:koul* |
| Gummizug | elastic | *iläßtik* |
| Haarbürste | hairbrush | *härbrasch* |
| Kamm | comb | *kom* |
| Knopf | button | *batn* |
| Kontaktlinsen | contact lenses | *kontäkt lenß* |
| Korkenzieher | corkscrew | *ko:kßkru:* |
| Nähgarn | sewing thread | *ßuing ðred* |
| Nähnadel | sewing needle | *ßuing ni:dl* |
| Nagelfeile | nailfile | *näilfail* |

| | | |
|---|---|---|
| Puder | powder | *paudə* |
| Präservative | condoms | *kondoums* |
| Rasierapparat | razor | *räisə* |
| Rasierapparat (elektrisch) | electric shaver | *ilektrik schäivə* |
| Rasierklingen | razor blades | *räisə bläids* |
| Rasierpinsel | shaving brush | *schäiving brasch* |
| Rasierseife | shaving soap | *schäiving ßoup* |
| Schere | scissors | *ßisəs* |
| Seife | soap | *ßoup* |
| Schirm | umbrella | *ambrela* |
| Schnürsenkel | shoelace | *schuläiß* |
| Shampoo | shampoo | *schampu:* |
| Sicherheitsnadel | safety pin | *ßäifti pin* |
| Sonnenbrille | sunglasses | *ßangla:ßis* |
| Sonnenöl | suntan lotion | *ßantän louschn* |
| Spiegel | mirror | *mirə* |
| Spülmittel | dish washing liquid | *disch wosching likwid* |
| Spüllappen | dish cloth | *disch kloð* |
| Tabak | tobacco | *təbäkou* |
| Tampons | tampons | *tämpəns* |
| Taschenlampe | torch | *to:tsch* |
| Toilettenpapier | toilet paper | *toilet päipə* |
| (Armband-)Uhr | watch | *wotsch* |
| Waschmittel | detergent | *ditödʒənt* |
| Watte | cotton wool | *kotən wu:l* |
| Wecker | alarm clock | *əla:m klok* |
| Windeln | nappies | *näpis* |
| Zahnbürste | toothbrush | *tuðbrasch* |
| Zahnpasta | toothpaste | *tuðpäißt* |
| Zeitschrift | magazine | *mägəsi:n* |
| Zeitung | (news)paper | *(nu:ß)päipə* |
| Zigarre | cigar | *ßiga:* |
| Zigaretten | cigarettes | *ßigəretß* |
| Zündhölzer | matches | *mätschis* |

# Sehenswürdigkeiten

Mehr als 700 *Tourist Information Centres* stehen in den kleineren und größeren Orten Großbritanniens für Auskünfte zur Verfügung. Hier erhält man Informationsmaterial oder Antwort auf spezielle Fragen. Gegen eine Gebühr reserviert das Touristenbüro auch Zimmer in der betreffenden Region. Die Öffnungszeiten: montags bis freitags von 9-17 Uhr (in Badeorten und Touristenzentren auch an Wochenenden).

## Was gibt es zu sehen?

| | | |
|---|---|---|
| Ich suche die Touristeninformation. | I am looking for the tourist information centre. | *ai əm luking fo: ðə tu:rißt info:mäischn ßentə.* |
| Wo finde ich die Touristeninformation? | Where can I find the tourist office? | *weə kän ai faind ðə tu:rißt ofiß?* |
| Haben Sie einen Stadtplan? | Have you got a map of the town? | *häv ju got ə mäp ov ðə taun?* |
| Gibt es diese Broschüre auch auf deutsch? | Is this brochure also available in German? | *Is ðiß brouschə olßou əväiləbl in dʒömən?* |
| Welche Sehenswürdigkeiten gibt es in der Stadt? | What are the sights of the town? | *wot a: ðə ßaitß ov ðə taun?* |
| Ist es einen Besuch wert? | Is it worth a visit? | *is it wöð ə visit?* |
| Wann ist das Museum geöffnet? | When is the museum open? | *wen is ðə mjusiəm oupən?* |
| Wieviel kostet der Eintritt? | How much is the admission fee? | *hau matsch is ði ədmischn fi:?* |
| Ich möchte einen Katalog/eine Eintrittskarte für die Ausstellung. | I would like to buy a catalogue of/ a ticket for the exhibition. | *ai wud laik tu bai ə kätəlog ov/ ə tikit fo ði iksibischn.* |
| Ist der Parkplatz gebührenpflichtig? | Is there a charge for parking? | *is ðeə ə tscha:dʒ for pa:king?* |

| | | |
|---|---|---|
| Gibt es Ermäßigung für Schüler/Studenten/Kinder? | Is there any reduction for pupils/students/children? | *Is ðeə äni ridakschn fo pjupils/ ßtjudəntß/ tschildrən?* |
| Haben Sie einen Internationalen Studentenausweis? | Have you got an international student card? | *häv ju got ən intənäschənəl ßtjudənt ka:d?* |
| Gibt es eine Stadtrundfahrt/Stadtführung? | Is there a sightseeing tour/ a guided tour through the town? | *is ðeə ə ßaitßi:ing tuə/ ə gaidid tuə ðru ðə taun?* |
| Wo beginnt die Rundfahrt/der Rundgang? | Where does the tour start? | *weə das ðə tuə ßta:t?* |
| Gibt es auch deutschsprachige Führungen? | Are there also guided tours in German? | *a: ðeə olßou gaided tuəs in dʒömən?* |

## Wortliste Kultur

| | | |
|---|---|---|
| Abtei | abbey | *äbi* |
| Allee | avenue | *ävenju* |
| Altar | altar | *o:ltə* |
| Altertum | antiquity | *äntikwiti* |
| Altsteinzeit | early Stone Age/ palaeolithic period | *öli ßtoun äidʒ/ päliəliðik piəriəd* |
| Anbau | annexe | *änekß* |
| Anwesen | estate | *ißtäit* |
| Ausgrabungen | excavations | *ekßkəväischns* |
| Ausstellung | exhibition | *eksibischn* |
| Barock | baroque | *bəro:k* |
| Basilika | basilica | *bəßilikə* |
| Bernstein | amber | *ämbə* |
| Bibliothek | library | *laibrəri* |
| Bogen | arch | *a:tsch* |
| Bronze | bronze | *brons* |
| Bronzezeit | bronze age | *brons äidʒ* |
| Bruchstein | quarry stone | *kwori ßtoun* |
| Brücke | bridge | *bridʒ* |
| Burg | castle | *ka:ßl* |
| Chor | choir | *kwaiə* |

| | | |
|---|---|---|
| Dach | roof | *ru:f* |
| Druck | print | *print* |
| Elfenbein | ivory | *aivəri* |
| Empore | gallery | *gäləri* |
| Fabrik | factory | *fäktri* |
| Fachwerk | half-timber | *ha:f timbə* |
| Fenster | window | *windou* |
| Friedhof | churchyard/cemetery | *tschötschja:d/ßemətri* |
| Galerie | gallery | *gäləri* |
| Garten | garden | *ga:dn* |
| Gasse | alley | *äli* |
| Gebäude | building | *bilding* |
| Gefäß | vessel | *veßl* |
| Gemälde | painting | *päinting* |
| Glas | glass | *glaß* |
| Gotik | gothic | *goðik* |
| Herrenhaus | manor house | *mänə haus* |
| Holz | wood | *wud* |
| Horn | horn | *ho:n* |
| Hünengrab | dolmen | *dolmen* |
| Jahrhundert | century | *ßentschəri* |
| Jugendstil | Art Nouveau | *a:rnuvou* |
| Jungsteinzeit | neolithic period | *niouliðik piəriəd* |
| Kapelle | chapel | *tschäpl* |
| Kapitell | capital | *käpitl* |
| Keramik | ceramics, pottery | *ßirämikß/ potəri* |
| Kirche | church | *tschötsch* |
| Klassizismus | classicism | *kläßißism* |
| Kreuz | cross | *kros* |
| Kreuzgang | cloister | *kloißtə* |
| Krypta | crypt | *kript* |
| Kupferstich | engraving | *ingräiving* |
| Kuppel | dome | *doum* |
| Langhaus | nave | *näiv* |
| Leuchtturm | lighthouse | *laithaus* |

| | | |
|---|---|---|
| Markt | market | *ma:kit* |
| Marmor | marble | *ma:bl* |
| Mauer | wall | *wo:l* |
| Mittelalter | Middle Ages | *midl äidʒis* |
| Möbel | furniture | *fönitschə* |
| Moderne | modern period | *modən piəriəd* |
| Mosaik | mosaic | *mousäiik* |
| Moschee | mosque | *mosk* |
| Museum | museum | *mjusiəm* |
| Neuzeit | modern times | *modən taims* |
| Pfeiler | pillar | *pilə* |
| Plastik/Skulptur | sculpture | *ßkalptschə* |
| Platz | square/place | *ßkwäə/ pläiß* |
| Portal | porch | *po:tsch* |
| Porzellan | china ware/ porcelain | *tschainə wäə/ po:ßlin* |

*Rätselhaft bis heute: wozu dienten die Steinsetzungen von Stonehenge*

| | | |
|---|---|---|
| Querhaus | transept | *tränsept* |
| Rathaus | town hall | *taun ho:l* |
| Renaissance | renaissance | *rinäißənß* |
| Romanik | Romanesque | *roumənеßk* |
| Romantik | Romantic | *romäntik* |
| Römer | Romans | *roumәns* |
| Ruine | ruin | *ruin* |
| Sarkophag | sarcophagus | *ßa:ko:fәgәs* |
| Säulen | columns | *kolums* |
| Schiefer | slate | *ßläit* |
| Schloß | castle | *ka:ßl* |
| Schule | school | *sku:l* |
| Seitenschiffe | side aisles | *ßaid ails* |
| Sims | sill | *ßil* |
| Skulpturen | sculptures | *ßkalptschәs* |
| Sockel | base | *bäiß* |
| Statue | statue | *ßtätju* |
| Steinbruch | quarry/ mine | *kwori/ main* |
| Strebe | buttress | *batrәß* |
| Synagoge | synagogue | *ßinәgo:g* |
| Taufbecken | font | *font* |
| Tempel | temple | *tempәl* |
| Theater | theater | *ðitә* |
| Ton | clay | *kläi* |
| Tor | gate | *gäit* |
| Turm | tower | *tauә* |
| Vierung | crossing | *kroßing* |
| Wasserleitung/Aquädukt | aqueduct | *äkwidakt* |
| Wasserspeier | gargoyle | *ga:goil* |
| Ziegel | brick | *brik* |

## Wortliste Natur und Geographie

| | | |
|---|---|---|
| Aquarium | aquarium | *әkwäriәm* |
| Aussichtspunkt | viewpoint | *vju:point* |

| | | |
|---|---|---|
| Berg | mountain | *mauntən* |
| Botanischer Garten | botanical gardens | *botänikl ga:dns* |
| Bucht | bay | *bäi* |
| Düne | dune | *dju:n* |
| Feld | field | *fi:ld* |
| Felsen | rock | *rok* |
| Felsmalereien | rock paintings | *rok päintings* |
| Felsvorsprung | promontory | *promәntri* |
| Fluß | river | *rivә* |
| Gebirge | mountain range | *mauntən räindʒ* |
| Gletscher | glacier | *gläßiә* |
| Grotte/Höhle | cave | *käiv* |
| Hügel | hill | *hil* |
| Hünengrab | dolmen | *dolmən* |
| Kanal | canal | *kənäl* |
| Kies | gravel/ pebble | *grävl/ pebl* |
| Klima | climate | *klaimət* |
| Klippe | cliff | *klif* |
| Lagune | lagoon | *ləgu:n* |
| Landschaft | landscape | *länßkäip* |
| Meer | sea | *ßi:* |
| Meerenge | strait/sound | *ßträit/ßaund* |
| Moor | moor/fen | *muә/fen* |
| Mündung | estuary/mouth | *eßtjuәri/mauð* |
| Naturschutzgebiet | nature reserve | *näitschә risöv* |
| Observatorium | observatory | *obsövәtori* |
| Panorama | panorama | *pänәra:ma* |
| Quelle | well/spring | *wel/ßpring* |
| Sand | sand | *ßänd* |
| Sandbank | sandbank | *ßändbänk* |
| Schilf | reed | *ri:d* |
| Schlucht | ravine/gorge/canyon | *rävin/go:dʒ/känjən* |
| See | lake | *läik* |
| seicht/tief | shallow/deep | *schälou/di:p* |
| Stausee | reservoir | *resәvoә* |

| | | |
|---|---|---|
| Strand | beach | *bi:tsch* |
| Strom | stream | *ßtri:m* |
| Stromschnelle | rapid | *räpid* |
| Sund | sound | *ßaund* |
| Sumpf | bog | *bo:g* |
| Tal | valley | *väli* |
| Treibsand | quicksand | *kwikßänd* |
| Vogelschutzgebiet | bird sanctuary | *bö:d ßänktschuəri* |
| Vulkan | volcano | *volkäino* |
| Wald | wood | *wu:d* |
| Wasserfall | (water)fall/cascade | *(wotə)fo:l/kəskäid* |
| Watt | mudflats | *madflätß* |
| Weinberge | vinyards | *vinjəds* |
| Wiese | meadow | *medou* |
| Wüste | desert | *desət* |
| Zoo | zoo(logical garden) | *su:* |

## Wortliste Tiere und Pflanzen

| | | |
|---|---|---|
| Ahorn | maple | *mäipl* |
| Baum | tree | *tri:* |
| Birke | birch | *bö:tsch* |
| Buche | beech | *bi:tsch* |
| Eiche | oak | *ouk* |
| Eidechse | lizard | *lisəd* |
| Ente | duck | *dak* |
| Erle | alder | *äldə* |
| Esche | ash | *äsch* |
| Eßkastanie | sweet chestnut | *ßwi:t tschestnat* |
| Fichte | spruce | *ßpru:ß* |
| Frosch | frog | *frog* |
| Gans | goose | *gu:ß* |
| Gebüsch | bushes | *buschis* |
| Insekten | insects | *inßektß* |
| Kiefer | pine | *pain* |
| Kreuzotter | adder | *ädə* |

| | | |
|---|---|---|
| Kröte | toad | *toud* |
| Möwe | seagull | *ßi:gal* |
| Mücke | mosquito | *moskitou* |
| Muschel | mussle | *maßl* |
| Pappel | poplar | *poplə* |
| Pinie | pine | *pain* |
| Platane | plane tree | *pläin tri:* |
| Qualle | jellyfish | *dʒelifisch* |
| Raubvogel | bird of prey | *bö:d əv präi* |
| Roßkastanie | horse-chestnut | *ho:ß tscheßtnat* |
| Rotwild | deer | *diə* |
| Schlange | snake | *ßnäik* |
| Schnecke | snail | *ßnäil* |
| Strauch | bush | *busch* |
| Taube | dove/pigeon | *dav/pidʒən* |
| Tiere | animals | *äniməls* |
| Trauerweide | weeping willow | *wi:ping wilou* |

# Sport und Unterhaltung

Wer in London ins Theater möchte und noch nicht weiß, welches Stück er sich anschauen soll, kann sich die Entscheidung möglicherweise erleichtern. Am Leicester Square befindet die die *Half Price Ticket Booth*, wo man Karten für den jeweiligen Abend zum halben Preis bekommen kann. Der Haken dabei: es wird eine Bearbeitungsgebühr verlangt.

## Theater/Kino/Konzert

| | | |
|---|---|---|
| Was gibt es heute abend im Theater/Konzert/Kino? | What's on tonight at the theatre/concert hall/ cinema? | *wotß on tunait ät ðə ðiätəl konsət ho:l/ ßinəmə?* |
| Wann beginnt die Vorstellung/Aufführung/das Konzert/der Film? | When does the performance/the film (Am.: movie) start? | *wen das ðə pöfo:mənß/ðə film/ muvi ßta:t?* |
| Wie lange dauert die Aufführung? | How long does the performance last? | *hau long das ðə pöfo:mənß laßt?* |
| Gibt es eine Pause? | Is there an interval/ (Am.:) intermission? | *is ðeə ən intəvəl/ intəmischn?* |
| Wo bekomme ich Karten? | Where can I get tickets? | *weə kän ai get tikitß?* |
| Vorverkauf/Abendkasse | advance booking/ evening box office | *ədva:nß 'buking/ i:vəning boks ofiß* |
| Bitte zwei Karten für heute abend/morgen ... | I would like two tickets for tonight/ tomorrow ... | *ai wud laik tu tikitß fo: tunait/tumoro ...* |

### *Wortliste Theater*

| | | |
|---|---|---|
| Empore | gallery/balcony | *gäləri/bälkəni* |
| Garderobe | cloakroom | *kloukru:m* |
| Loge | box | *boks* |
| Parkett | stalls | *ßtols* |
| Platz | seat | *ßi:t* |
| Platzanweiser/in | usher/usherette | *uschə/uschəret* |
| Programm | repertoire | *repətoa* |

| | | |
|---|---|---|
| Programmheft | programme | *prougräm* |
| erster/zweiter Rang | dress/upper circle | *dreß/ apə ßö:kl* |
| Reihe | row | *rou* |

## Diskothek/Tanz/Kneipe

| | | |
|---|---|---|
| Wo gibt es hier eine gute Diskothek/Nachtlokal/ Tanzlokal/ Kneipe? | Is there a good discotheque/nightclub/dancing/pub around here? | *is ðeə ə gud dißkoutek/naitklab/danßing/pab əraund hiə?* |
| Wir möchten tanzen gehen. | We would like to go dancing. | *wi wud laik tu gou danßing.* |
| Wie lange ist Ihr Lokal geöffnet? | How long do you open? | *hau long du ju oupen?* |
| Sind die Getränke teuer? | Are the drinks expensive? | *a: ðə drinkß ikßpenßiv?* |
| Welches Publikum findet man dort? | What kind of people can you find there? | *wot kaind əv pi:pl kän ju faind ðeə?* |
| Touristen/Einheimische | tourists/local people | *turißtß/ loukl pi:pl* |
| Welche Musik? | What kind of music? | *wot kaind əv mjusik?* |
| Darf ich Sie nach Hause bringen? | May I accompany you home? | *mäi ai əkompəni ju houm?* |
| Sehen wir uns wieder? | Will we meet again? | *wil wi mi:t əgen?* |
| Darf ich Sie zu einem Drink einladen? | May I invite you to a drink? | *mäi ai inväit ju tu ə drink?* |
| Lassen Sie mich in Ruhe! | Leave me alone! | *li:v mi əloun!* |

## Sport

### Angeln

| | | |
|---|---|---|
| Wo kann man hier in der Nähe angeln? | Where can you go fishing around here? | *weə kän ju gou fisching əraund hiə?* |
| Ich möchte eine Angelerlaubnis kaufen. | I would like to buy a fishing permit. | *ai wud laik tu bai ə fisching pömit.* |
| gültig für 1 Tag/Monat | valid one day/ month | *välid wan däi/manð* |

### *Wortliste Angeln*

| | | |
|---|---|---|
| Angel | fishing rod | *fisching rod* |

| | | |
|---|---|---|
| Angelerlaubnis | fishing permit | *fisching pömit* |
| Angelschnur | fishing-line | *fisching lain* |
| Bach | stream | *ßtri:m* |
| Blei | lead | *led* |
| Blinker | spoon | *ßpu:n* |
| Fluß | river | *rivə* |
| Forelle | trout | *traut* |
| Hecht | pike | *paik* |
| Hochseefischen | sea angling | *ßi: ängling* |
| Jahreskarte | annual permit | *änjuəl pömit* |
| Kabeljau | cod | *kod* |
| Karpfen | carp | *ka:p* |
| Köder | bait | *bäit* |
| Lachs | salmon | *ßämən* |
| Meer | sea | *ßi:* |
| Ruderboot | rowing boat | *rouing bout* |
| See | lake | *läik* |
| Teich | pond | *pond* |
| Angeln auf Nicht-Edelfische | coarse-fishing | *koəß fisching* |
| Angeln auf Edelfische wie Lachs und Forelle | game fishing | *gäim fisching* |

**Golf**

| | | |
|---|---|---|
| Golfplatz | golf course | *golf ko:ß* |
| Golfschläger | golf club | *golf klab* |

**Tennis**

| | | |
|---|---|---|
| Tennisplatz | tennis court | *tenіß ko:t* |
| Tennisschläger | tennis racket | *teniß räkit* |
| Was kostet eine Stunde auf dem Platz? | How much do you charge for an hour on the court? | *hau matsch du ju tscha:dʒ forən auə on ðə ko:t?* |

**Wassersport**

| | | |
|---|---|---|
| Wo kann ich ... mieten? | Where can I hire ...? | *weə kän ai haiə ...?* |
| Ist der Strand sandig/steinig/felsig? | Is the beach sandy/stony/rocky? | *is ðə bi:tsch ßändi/ßtouni/roki?* |

| | | |
|---|---|---|
| Wird der Strand bewacht? | Is the beach watched? | *Is ðə bi:tsch wotscht?* |
| Ist der Strand für kleine Kinder geeignet? | Is the beach suitable for small children? | *is ðə bi:tsch ßjutəbl fo: ßmol tschildrən?* |
| Was kostet das Boot pro Stunde? | How much is the boat per hour? | *hau matsch is ðə bout pö auə?* |
| Ist das Wasser sauber? | Is the water clear? | *is ðə wotə kliə?* |
| Gibt es hier Quallen? | Are there any jellyfish around here? | *a: ðeə äni dʒelifisch əraund hiə?* |
| Wann ist Ebbe/Flut? | When is low tide/high tide? | *wen is lou taid/ hai taid?* |

## *Wortliste Wassersport*

| | | |
|---|---|---|
| Dusche | shower | *schauə* |
| Freibad | outdoor swimming-pool | *autdo: ßwiming pu:l* |
| Hallenbad | indoor swimming-pool | *indo: ßwiming pu:l* |
| Kanu | canoe | *kənu:* |
| Liegestuhl | deck chair | *dek tschäə* |
| Schwimmbad | swimming-pool | *ßwiming pu:l* |
| Schwimmen | bathing | *bäiðing* |
| Segelboot | sailing boat | *ßäiling bout* |
| Segeln | sailing | *ßäiling* |
| Surfbretter/Ausrüstung | surfboards/surfing equipment | *ßö:fbo:ds/ ßö:fing ikwipmənt* |
| Surfen | surfing | *ßö:fing* |
| Tauchausrüstung | diving equipment | *e daiving ikwipmənt* |
| Tauchen | sub-aqua diving | *sab äkwə daiving* |
| Tretboot | pedal boat | *pedəl bout* |
| Umkleidekabinen | changing rooms/cubicles | *tschäindʒing ru:ms/kjubikls* |
| Wasserski | waterskiing | *wotəßkiing* |
| Windschutzsegel | windbreak | *windbräik* |

**Reiten/Radfahren**

| | | |
|---|---|---|
| Gibt es hier in der Nähe einen Reitstall? | Is there a riding-stable somewhere around here? | *is ðeə ə raiding ßtäibl ßamweə əraund hiə?* |

| | | |
|---|---|---|
| Wo kann ich ein Pferd mieten? | Where can I lend a horse? | *weə kän ai lend ə ho:ß?* |
| Ich möchte einen Ausritt mit dem Pferd machen. | I would like to do horse-trekking. | *ai wud laik to do ho:ß treking* |
| Wieviel kostet die Stunde Reiten? | How much do you charge for an hour of riding? | *hau matsch du ju tschardʒ forən auərəv raiding?* |
| Ich möchte ein Fahrrad mieten. | I would like to rent a bike. | *ai wud laik tu rent ə baik.* |
| Wieviel kostet die Stunde/der Tag. | How much is it per hour/per day? | *hau matsch is it pö auə/ pö däi?* |
| Es muß eine Kaution hinterlegt werden. | A deposit is required. | *ə dipo:sit is rikwaiəd* |
| Wie hoch ist die Kaution? | How much is the deposit? | *hau matsch is ðə dipo:sit?* |

| | | |
|---|---|---|
| Hat das Fahrrad mehrere Gänge? | Does the bicycle have gearing? | *das ðə baißikl häv giəring?* |

## Wortliste Radfahren

| | | |
|---|---|---|
| Damenrad | lady's bicycle | *läidis baißikl* |
| Dreigangrad | bicycle with three gears | *baißikl wið ðri: giəs* |
| (Fahrrad)korb | basket | *ba:ßkit* |
| Herrenrad | man's bicycle | *mäns baißikl* |
| Kindersitz | child's seat/child carrier | *tschailds ßi:t/ tschaild käriə* |
| Mountainbike | mountain-bike | *mauntin baik* |
| Rücktrittbremse | coaster brake | *koußtə bräik* |
| Zehngangrad | bicycle with ten gears | *baißikl wið ten giəs* |

**Andere Sportarten**

| | | |
|---|---|---|
| Basketball | basket-ball | *ba:ßkit bo:l* |
| Bergsteigen | mountaineering | *mauntəniəring* |
| Drachenfliegen | hang-gliding | *hänglaiding* |
| Eislauf | skating | *ßkäiting* |
| Fallschirmspringen | parachuting | *pärətschuting* |
| Fußball | football/ (Am.:) soccer | *futbo:l/ ßokə* |
| Handball | handball | *händbo:l* |
| Jagen | hunting | *hanting* |
| Kanusport | canoeing | *kənu:ing* |
| Minigolf | crazy golf | *kräisi golf* |
| Motorsport | motoring | *moutəring* |
| Radfahren | cycling | *ßaikling* |
| Reiten | horse-riding | *ho:ß raiding* |
| Rodeln | toboggan/sledge riding | *təbogən/ ßledʒ raiding* |
| Schwimmen | swimming | *ßwiming* |
| Segelfliegen | gliding | *glaiding* |
| Segeln | sailing | *ßäiling* |
| Skifahren | skiing | *ßkiing* |
| Surfen | windsurfing | *windßö:fing* |
| Tauchen | diving | *daiving* |

| | | |
|---|---|---|
| Tennis | tennis | *tenіß* |
| Tischtennis | table tennis | *täibl tenіß* |
| Volleyball | volley-ball | *voli bo:l* |
| Wandern | walking | *wo:king* |
| Wasserski | waterskiing | *wotəßkiing* |
| Wildwasserkanusport | rapid river canoeing | *räpid rivə kanu:ing* |

**Landesspezifische Sportarten**

Bowls (*bouls*) - Das englische Pendant zum französischen Boule-Spiel und italienischen Boccia, wird allerdings auf kurzgeschnittenem grünen Rasen gespielt.

Cricket (*krikit*) - Ein Ballspiel zwischen zwei Mannschaften, die mit Schlagstöcken ausgerüstet sind. Die Spieler sind auffallend weiß gekleidet. Der englische Nationalsport.

Polo - Das bekannte Mannschaftsspiel, das zu Pferd gespielt wird, stammt zwar aus Persien, hat aber seit der Kolonialzeit auch in England Fuß gefaßt.

Darts (*da:ts*) - Ein Geschicklichkeitsspiel, das in den *pubs* zu Hause ist: In einer bestimmten Reihenfolge müssen die Spieler mit ihren Pfeilen auf einer Zielscheibe bestimmte Sektoren treffen.

Pool Billiard (*pu:l bilja:d*) - Ebenfalls zum festen Bestandteil der *pubs* gehören die großen Billiardtische. Besonderer Beliebtheit erfreut sich die Variante *pool billiard.*

# Dienstleistungen

Auf den nachfolgenden Seiten finden Sie eine Zusammenstellung von Redewendungen und Begriffen, die Sie brauchen, wenn Sie bestimmte Dienste in Anspruch nehmen wollen: vom Haareschneiden bis zur Filmentwicklung und Kamerareparatur.

## Frisörbesuch

| | | |
|---|---|---|
| Was kostet das Haareschneiden? | How much is a haircut? | *hau matsch is ə häəkat?* |
| Schneiden Sie mir bitte die Haare. | I would like to have my hair cut. | *ai wud laik tu häv mai häə kat.* |
| So kurz/so lang | about that short/long | *əbaut ðät scho:t/long* |
| Rasieren bitte. | Shaving, please. | *schäiving pli:s.* |

## *Wortliste Frisör*

| | | |
|---|---|---|
| Backenbart | whiskers | *wißkəs* |
| Bart | beard | *biəd* |
| Dauerwelle | perm(anent wave) | *pöm(ənənt wäiv)* |
| Festiger | conditioner | *kondischənə* |
| Fön | hairdrier | *häədraiə* |
| Haare färben | hair dyeing | *häə daiing* |
| hinten/vorn | at the back/ at the front | *ät ðə bäk/ ät ðə front* |
| Koteletten | sideburns/sidewhiskers | *ßaidbö:ns/ßaidwißkəs* |
| Kurzhaarschnitt | crew cut | *kru: kat* |
| Locken | curls | *kö:ls* |
| Lockenwickler | curlers | *kö:ləs* |
| Perücke | wig | *wig* |
| Pony | fringe/ (Am.:) bangs | *frindʒ/bängs* |
| Schnauzbart | moustache | *məßtasch* |
| Schuppen | dandruff | *dändraf* |
| Shampoo | shampoo | *schəmpu:* |

| | | |
|---|---|---|
| Stufenschnitt | layered cut | *laiəd kat* |
| tönen | tinting | *tinting* |
| Toupet | toupet | *tu:pei* |
| Trockenhaube | drying hood | *draiing hu:d* |
| Vollbart | full beard | *ful biəd* |
| Waschen | washing | *wosching* |

**Kosmetik**

| | | |
|---|---|---|
| Augenbrauen | eyebrows | *aibraus* |
| Maniküre | manicure | *mänikjuə* |
| Maske | mask | *maßk* |
| Massage | massage | *məßa:ʒ* |
| Pediküre | pedicure | *pedikjuə* |
| Sonnenbank | solarium | *ßoläəriəm* |
| Schminken | make-up | *mäik ap* |

## Reparaturen

**Optiker**

| | | |
|---|---|---|
| Meine Brille ist zerbrochen. | My spectacles/ glasses are broken. | *mai ßpektəkls/ glaßis a: broukən.* |
| Brillengestell | spectacle frame | *ßpektəkl fräim* |
| Gläser | (spectacle) glasses | *ßpektəkl glaßis* |
| Können Sie das Gestell reparieren? | Can you repair the frame? | *kän ju ripäə ðə fräim?* |
| Können Sie die Gläser in ein neues Gestell setzen? | Can you put the glasses into a new frame? | *kän ju put ðə glaßis intu ə nju fräim?* |
| Wie lange dauert die Reparatur? | How long does it take to repair? | *hau long das it täik tu ripäə?* |
| weiche/harte Kontaktlinsen | soft/hard contact lenses | *ßoft/ha:d kontäkt lens* |
| Reinigungslösung | cleaning solution | *kli:ning ßoljuschn* |
| Aufbewahrungslösung | conditioning solution | *kondischəning ßoljuschn* |

**Schneider**

| | | |
|---|---|---|
| Können Sie einen neuen Reißverschluß einnähen? | Can you sew in a new zip(per)? | *kän ju ßu in ə nju sip(pə)?* |

| | | |
|---|---|---|
| Das Kleid/der Rock/die Hose muß neu gesäumt werden. | The dress/skirt/trousers must be newly hemmed. | *ðə dreß maßt bi njuli hemd.* |
| Ich möchte ein Hemd/eine Hose nach diesem Schnitt. | I would like a shirt/trousers after this pattern. | *ai wud laik ə schöt/trausəs a:ftə ðiß pätən.* |
| Das Futter ist ausgerissen. | The lining is torn. | *ðə laining is to:n.* |
| Der Ärmel ist durchgescheuert. | The sleeve is worn out. | *ðə ßli:v is wo:n aut.* |
| Können Sie das flicken? | Can you mend it? | *kän ju mend ðiß?* |

## Wortliste Schneider

| | | |
|---|---|---|
| Ärmel | sleeve | *ßli:v* |
| Aufschlag (an der Hose) | turn-up | *tön ap* |
| Futter | lining | *laining* |
| Gummiband | elastic | *iläßtik* |
| Knöpfe | buttons | *batəns* |
| Knopfloch | button hole | *batən houl* |
| Kragen | collar | *kolə* |
| Reißverschluß | zip(per) | *sip(pə)* |
| Saum | hem | *hem* |
| Stopfen | darning | *da:ning* |
| Stoff | material | *mətiəriəl* |
| Tasche | pocket | *pokit* |

### *Wäscherei/Reinigung*

| | | |
|---|---|---|
| Bügeln | pressing | *preßing* |
| Fleck entfernen | remove the stain | *rimuv ðə ßtäin* |
| Mangeln | mangling | *mängling* |
| Reinigen (chemisch) | dry cleaning | *drai kli:ning* |
| Schleudern | spin drying | *ßpin draiing* |
| Waschen | washing | *wosching* |
| Wäschetrockner | tumble drier | *tambl draier* |
| Waschmaschine | washing machine | *wosching məschi:n* |
| Waschmittel | washing powder | *wosching paudə* |

| | | |
|---|---|---|
| Waschsalon | launderette | *lo:ndəret* |

**Schuhmacher**

| | | |
|---|---|---|
| Können Sie diese Schuhe neu besohlen? | Could you sole these shoes? | *kud ju ßoul ði:s schu:s?* |
| Meine Schuhe brauchen neue Absätze. | My shoes need new heels. | *mai schu:s ni:d nju hi:ls.* |
| Dieser Schuh muß geweitet werden. | This shoe must be stretched. | *ðiß schu maßt bi ßtretscht* |
| Haben Sie auch Schuhcreme? | Have you got shoepolish? | *häw ju got schu polisch?* |
| Wann kann ich die Schuhe wieder abholen? | When can I come and fetch the shoes? | *wen kän ai kam änd fetsch ðə schu:s?* |
| Absatz | heel | *hi:l* |
| Halbschuhe | shoes | *schu:s* |
| Sandalen | sandals | *ßänəls* |
| Schnürsenkel | shoelace | *schu:läiß* |
| Sohle | sole | *ßoul* |
| Stiefel | boots | *bu:ts* |

**Filme entwickeln und Kamerareparatur**

| | | |
|---|---|---|
| Ich möchte diesen Film entwickeln lassen. | I would like to have this film developed. | *ai wud laik tu häv ðiß film divelopt.* |
| Von jedem Bild Schwarzweiß-/Farbabzüge, bitte. | Black and white/colour prints of each negative, please. | *bläk änd wait/ kalə printß ov i:tsch negətiv, pli:s.* |
| Was kostet das Entwikkeln/die Abzüge? | How much do the developing/ do the prints cost? | *hau matsch das ðə diveloping/du ðə printß koust?* |
| Können Sie eine Vergrößerung machen? | Could you make an enlargement? | *kud ju mäik ən inla:dʒmənt?* |
| Der Film ist überbelichtet/unterbelichtet. | The film is overexposed/underexposed. | *ðə film is ouvə-ikßpousd/ andə-ikßpousd.* |
| Der Film transportiert nicht. | The film is not transported. | *ðə film is not tränßpo:tid.* |
| Können Sie die Kamera reparieren. | Can you repair the camera? | *kän ju ripäə ðə kämrə?* |
| Auslöser | shutter release | *schatə rili:ß* |

## Wortliste Foto

| | | |
|---|---|---|
| Batterie | battery | *bätəri* |
| Belichtungsmesser | exposure meter | *ikßpouʒə mi:tə* |
| Blitzlicht | flashlight | *fläschlait* |
| Diafilm | film for slides | *film fo: ßlaids* |
| Farbbilderfilm | film for colour prints | *film fo: kalə printß* |
| Film-Kassette | cartridge film | *ka:tridʒ film* |
| Filmempfindlichkeit | film speed | *film ßpi:d* |
| Kleinbildfilm | 35-mm film | *ðötifaiv milimi:tə film* |
| Objektiv | lens | *lenß* |
| Objektivdeckel | lens cap | *lenß käp* |
| Rollfilm | roll film | *roul film* |
| Schwarzweißfilm | black-and-white-film | *bläk änd wait film* |
| 20/36-Bilder-Film | film with twenty/thirty-six exposures | *film wið twenti/ ðötißikß ikßpouʒəs* |

# Gesundheit

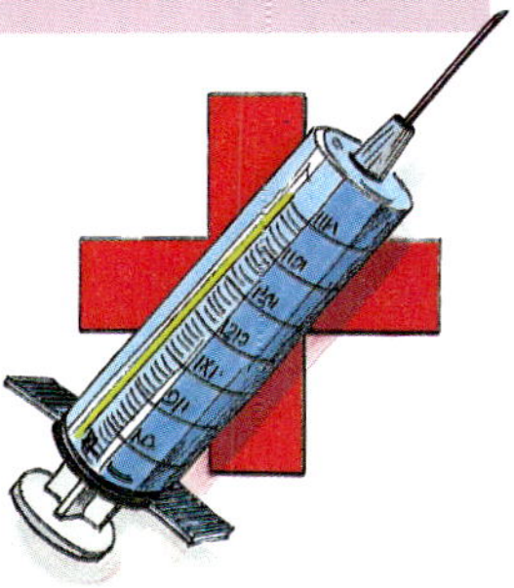

Grundsätzlich ist die ärztliche Behandlung in Großbritannien kostenlos. Der *National Health Service (NHS)* bietet auch Ausländern aus EG-Staaten Hilfe. Dafür ist kein Krankenschein nötig, nur der Paß als Nachweis, daß man EG-Bürger ist. Wenn man diesen kostenfreien Gesundheitsdienst in Anspruch nehmen will, sollte man allerdings immer betonen, daß man *under the National Health Service* behandelt werden möchte. Viele Ärzte sind nämlich nur für Privatpatienten da und dem Service gar nicht angeschlossen.

## Arzt gesucht

| | | |
|---|---|---|
| Wo finde ich einen Arzt? | Where can I find a doctor? | *weə kän ai faind ə doktə?* |
| Wo ist das nächste Krankenhaus/die nächste Arztpraxis? | Where is the nearest hospital/doctor's surgery? | *weə is ðə niəreßt hoßpitl/ doktəs ßödʒri?* |

## *Wortliste Gesundheit*

| | | |
|---|---|---|
| Apotheke | pharmacy/chemist's | *fa:məßi/kemißtß* |
| Arzt | doctor | *doktə* |
| Arzt für Allgemeinmedizin | general practitioner | *dʒenərəl präktischənə* |
| Augenarzt | eye specialist | *ai ßpeschəlißt* |
| Behandlungszimmer | surgery | *ßödʒəri* |
| Chirurg | surgeon | *ßödʒən* |
| Frauenarzt | gynaecologist | *gainikolədʒißt* |
| Hals-, Nasen-, -Ohrenarzt | ear nose and throat specialist | *iə nous änd ðrout ßpeschəlißt* |
| Hautarzt | dermatologist | *dömətolədʒißt* |
| Impfpaß | vaccination certificate | *väkßinäischn ßötifikət* |
| Impfung | vaccination | *väksinäischn* |
| Kinderarzt | paediatrician | *pi:diətrischn* |
| Krankenschein | treatment form | *tri:tmənt fo:m* |

| | | |
|---|---|---|
| Krankenversicherung | medical insurance | *medikl inschu:rənß* |
| Krankenhaus | hospital | *hoßpitl* |
| Orthopäde | orthopaedic surgeon | *o:ðəpi:dik ßödʒən* |
| Rezept | prescription | *prißkripschn* |
| Sprechstunde | consulting hours | *konßalting auəs* |
| Termin ausmachen | make an appointment | *mäik ən əpointmənt* |
| Wartezimmer | waiting room | *wäiting ru:m* |
| Zahnarzt | dentist | *dentißt* |

## Beim Arzt

| | | |
|---|---|---|
| Was fehlt Ihnen? | What is wrong with you? | *wotß rong wið ju?* |
| Wo tut es Ihnen weh? | Where does it hurt? | *weə das it hö:t?* |
| Ich bin krank. | I am ill. | *ai əm il.* |
| Ich habe hier Schmerzen. | I have a pain here. | *ai häv ə päin hiə.* |
| Ich habe mich (heute morgen) übergeben. | I was sick in the morning. | *ai wos ßik in ðə mo:ning.* |
| Ich habe Fieber | I have a temperature. | *ai häv ə temprətschə.* |
| Ich bin verletzt. | I am injured. | *ai äm indʒəd.* |
| Ich habe mich verletzt. | I hurt myself. | *ai höt maißelf.* |
| Ich bin gefallen/gestürzt. | I fell. | *ai fel.* |
| Ich bin gebissen worden. | I was bitten. | *ai wos bitn.* |
| Schlange | snake | *ßnäik* |
| Hund/Katze | dog/cat | *dog/kät* |
| Maus/Ratte | mouse/rat | *mauß/rät* |
| Ich bin gestochen worden, von ... | I was stung by a ... | *ai wos ßtung bai ə ...* |
| Biene/Wespe | bee/wasp | *bi:/woßp* |
| Fliege/Mücke | fly/ mosquito | *flai/ moßki:tou* |
| Qualle | jellyfish | *dʒelifisch* |
| Ich habe Schnupfen/Erkältung. | I have a cold. | *ai häv ə kould.* |
| Ich habe starken Husten. | I have a bad cough. | *ai häv ə bäd kof.* |

| | | |
|---|---|---|
| Können Sie mir etwas gegen ... verschreiben? | Could you prescribe something against ...? | *kud ju prißkaib ßamðing əgenßt ...?* |
| Mir ist übel/schwindlig. | I feel sick/ dizzy. | *ai fi:l ßik/däisi.* |

## Wortliste Symptome

| | | |
|---|---|---|
| Ich habe ... | I have ... | *ai häv ...:* |
| Atembeschwerden | difficulties in breathing. | *difikəlti:s in bri:ðing* |
| Bauchschmerzen | stomach ache | *ßtamək äik* |
| blauer Fleck/Bluterguß | bruise | *bru:s* |
| Blutung | bleeding/haemorrhage | *bli:ding/hemərid ʒ* |
| Durchfall | diarrhea | *daiəri:ə* |
| Erbrechen | vomiting | *vomiting* |
| Erkältung | cold | *kould* |
| Fieber | fever/temperature | *fi:və/temprətschə* |
| Gelenkschmerzen | pain in the joints | *päin in ðə dʒointß* |
| Halsweh | sore throat | *ßo: ðrout* |
| Heuschnupfen | hay fever | *häi fi:və* |
| Husten | cough | *kof* |
| Kopfschmerzen | headache | *hedäik* |
| (Waden)Krampf | cramp | *krämp* |
| Nervenschmerzen | neuralgia | *njuəräldʒə* |
| Ohnmacht | faint | *fäint* |
| Ohrensausen | singing in the ears | *ßinging in ði iəs* |
| Prellung | contusion/bruise | *kəntju:ʒn* |
| Reisekrankheit | travel sickness | *trävl ßikneß* |
| Rückenschmerzen | back-ache | *bäk äik* |
| Schüttelfrost | shivering fit | *schivəring fit* |
| Schwitzen | sweating | *ßweting* |
| Übelkeit | sickness/nausea | *ßiknəß/no:siə* |
| Unterleibsschmerzen | abdominal pain | *äbdominəl päin* |
| Verstopfung | constipation | *konßtipäischn* |
| Wunde | wound/ cut | *wu:nd/kat* |
| Zahnschmerzen | toothache | *tu:ðäik* |
| Arm | arm | *a:m* |
| Auge | eye | *ai* |

## Wortliste Körperteile

| | | |
|---|---|---|
| Augenlid | eye lid | *ai lid* |
| Bauch | abdomen/belly | *äbdoumən/beli* |
| Blase | bladder | *blädə* |
| Blinddarm | appendix | *əpendiks* |
| Bronchien | bronchi | *bronkai* |
| Brust | breast | *breßt* |
| Darm | intestine | *inteßtain* |
| Ellenbogen | elbow | *elbou* |
| Finger | finger | *fingə* |
| Fuß | foot | *fut* |
| Hals | neck | *nek* |
| Hand | hand | *händ* |
| Handgelenk | wrist | *rißt* |
| Haut | skin | *ßkin* |
| Herz | heart | *ha:t* |
| Kehle | throat | *ðrout* |
| Knie | knee | *ni:* |
| Knöchel | ankle | *änkl* |
| Knochen | bone | *boun* |
| Luftröhre | windpipe | *windpaip* |
| Lunge | lung | *lang* |
| Magen | stomach | *ßtamək* |
| Nagel | nail | *näil* |
| Nase | nose | *nous* |
| Niere | kidney | *kidni* |
| Ohr | ear | *iə* |
| Rippe | rib | *rib* |
| Rücken | back | *bäk* |
| Schienbein | shin | *schin* |
| Speiseröhre | oesophagus/ gullet | *i:ßo:fəgəs* |
| Wade | calf | *ka:f* |
| Zahn | tooth | *tuð* |
| Zehen | toes | *tous* |
| Zunge | tongue | *tang* |

| | | |
|---|---|---|
| Ich bin Allergiker/Diabetiker/schwanger. | I am allergic to .../ diabetic/ pregnant. | *ai äm älödʒik tu .../daiəbetik/ pregnənt.* |
| Ich trage Kontaktlinsen/Zahnersatz/einen Herzschrittmacher. | I wear contact lens/ denture/ a pacemaker. | *ai weə kontäkt lenß/dentschəl a päißmäikə.* |
| Ich leide an einer Lebensmittelallergie gegen ... | I am allergic to certain food: ... | *ai äm älödʒik tu ßötən fu:d: ...* |

## Wortliste Krankheiten/ Beschwerden

| | | |
|---|---|---|
| AIDS | AIDS | *äids* |
| Arm-/Beinbruch | fracture of the arm/of the leg | *fräkschə ov ði a:m/ov ðə leg.* |
| Ausschlag | rash | *räsch* |
| Bänderriß | torn ligament | *to:n ligəment* |
| Bänderzerrung | stretched ligament | *ßtretscht ligəment* |
| Blase (am Fuß) | blister | *blißtə* |
| Blasenentzündung | inflammation of the bladder/cystitis | *infləmäischn ov ðə blädə/ßißtaitiß* |
| Blinddarmentzündung | appendicitis | *əpendißaitis* |
| Bronchitis | bronchitis | *bronkaitiß* |
| Entzündung | inflammation | *infləmäischn* |
| Gehirnerschütterung | concussion | *kənkaschn* |
| Gelbsucht | jaundice | *dʒo:ndiß* |
| Grippe | flu | *flu* |
| Hämorrhoiden | haemorrhoids/ piles | *hemərcids/pails* |
| Heuschnupfen | hay fever | *häi fi:və* |
| Hexenschuß | lumbago | *lambäigou* |
| Hitzschlag | heat stroke | *hi:t ßtrouk* |
| Hühnerauge | corn | *ko:n* |
| Ischias | sciatica | *ßaiätikə* |
| Krebs | cancer | *känßə* |
| Lebensmittelvergiftung | food poisoning | *fu:d poisəning* |
| Mandelentzündung | tonsillitis | *tonsilaitis* |
| Masern | measles | *mi:səls* |
| Migräne | migraine | *mi:gräin* |

| | | |
|---|---|---|
| Mittelohrentzündung | inflammation of the middle ear | *infləmäischn ov ðə midl iə.* |
| Mumps | mumps | *mamps* |
| Muskelriß | torn muscle | *to:n maßl* |
| Muskelzerrung | pulled muscle | *puld maßl* |
| Nasenbluten | nose bleeding | *nous bli:ding* |
| Röteln | German measles | *dʒömən mi:səls* |
| Salmonellenerkrankung | salmonellosis | *ßämənelousis* |
| Sehnenzerrung | pulled tendon | *puld tendən* |
| Sonnenbrand | sunburn | *ßanbö:n* |
| Sonnenstich | sunstroke | *ßanßtrouk* |
| Tetanus | tetanus | *tetənəß* |
| Verbrennung | burn | *bö:n* |
| Verstauchung | sprain | *ßpräin* |
| Windpocken | chickenpox | *tschikənpokß* |

**Erste Hilfe und Medikamente**

| | | |
|---|---|---|
| Binde | bandage | *bändidʒ* |
| Fieberthermometer | thermometer | *ðömomətə* |
| Gipsverband | plastercast | *pla:ßterka:ßt* |
| Heftpflaster | adhesive plaster | *ədhi:ßiv pla:ßtə* |
| Hilfe | aid/ help | *äid/help* |
| Hustenmittel | cough remedy | *kof remədi* |
| Hustensaft | cough syrup | *kof sirəp* |
| Kapseln | capsules | *käpßju:ls* |
| Kompresse | compress | *kompreß* |
| (Heil-)Mittel | remedy | *remədi* |
| Pflaster | plaster | *pla:ßtə* |
| Salbe | ointment | *ointmənt* |
| Schlafmittel | sleeping pill | *ßli:ping pil* |
| Schmerzmittel | painrelieving drug | *päinrili:ving drag* |
| Tabletten | tablets | *täbləts* |
| (Kräuter-)Tee | (herbal) tea | *(höbəl) ti:* |
| Tinktur | tincture | *tinktschə* |
| Tropfen | drops | *dropß* |
| Verband | dressing | *dreßing* |

# Wörterverzeichnis

## Deutsch – Englisch

### A

Aal – *eel*
Abblendlicht – *low beam*
Abblendschalter – *dimmer switch*
Abend – *evening*
Abendessen – *evening meal*
Abendkasse – *evening box office*
abends – *in the evening*
aber – *but*
Abfahrtszeit – *departure time*
Abfallbeutel – *dustbin liner*
Abfalleimer – *garbage bin*
Abfluß – *drain*
Absatz – *heel*
Abschleppseil – *tow rope*
Abspülbecken – *sink*
Abtei – *abbey*
Abteil – *compartment*
Abzug (Foto) – *print*
Achse – *axle*
Achtung – *attention*
Ahorn – *maple*
mit Alkoholausschank – *licensed*
Allee – *avenue*
allergisch gegen – *allergic to*
Allradantrieb – *four wheel drive*
Altar – *altar*
Alter – *age*
Altertum – *antiquity*
Ampel – *traffic light*
Ananas – *pineapple*
Anbau – *annexe*
Angel – *fishing rod*
Angelerlaubnis – *fishing permit*
Angelschnur – *fishing-line*
Anhänger – *trailer*
Anis – *aniseed*
Ankunftszeit – *arrival time*
Anlasser – *starter*
anlegen – *dock*
Anlegeplatz – *dock*
annulliert – *cancelled*
Anschlußflug – *connecting flight*
Antiquariat (Bücher) – *secondhand book shop*
Antiquitäten – *antique shop*
Anwesen – *estate*
Apfel – *apple*
Apfelkuchen – *apple pie*
Apfelsine – *orange*
Apfelwein – *cider*
Apotheke – *chemist's, pharmacy*
Aprikosen – *apricot*
April – *April*
Arm – *arm*
Arm-/Beinbruch – *arm/leg fracture*
Armaturenbrett – *dashboard*
Artischocke – *artichoke*
Arzt – *doctor*
Atembeschwerden – *difficulties in breathing.*
Aubergine – *aubergine, egg-plant*
Aufführung – *performance*
Aufzug – *lift*
Auge – *eye*
Augenarzt – *eye specialist*
Augenbrauen – *eyebrows*
Augenlid – *eye lid*
August – *August*
Ausfahrt – *exit*
Ausgrabungen – *excavations*
Auskunft – *information, enquiries*
Auslöser (Kamera) – *shutter release*
Auspuff – *exhaust pipe*
Außenspiegel – *outside mirror*
Ausschlag (Haut-) – *rash*
Aussichtspunkt – *viewpoint*
Ausstellung – *exhibition*
Austern – *oysters*
Ausweis – *identity card*
Auto – *car*
Autobahn – *motorway*
Autoradio – *car radio*
Autoreisezug – *car sleeper*
Autotür – *car door*
Autovermietung – *car hire/ (Am.:) car rental*
Autowaschanlage – *car wash*

## B

Bach – *stream*
Backenbart – *whiskers*
Badeanzug – *bathing suit, swimsuit*
Badehaube – *bathing cap*
Badehose – *bathing trunks*
Bademantel – *bathrobe*
Badeschuhe – *bathing shoes*
Badezimmer – *bathroom*
Bäcker – *baker*
Bahnhof – *(railway) station*
Bahnhofsrestaurant – *station restaurant*
Bahnsteig – *platform*
Bahnübergang – *level crossing*
Balkon – *balcony*
Banane – *banana*
Bar – *bar*
Bargeld – *cash*
Barock – *baroque*
Bart – *beard*
Basement – *basement*
Basilika – *basilica*
Basilikum – *basil*
Basketball – *basket-ball*
Batterie – *battery*
Bauarbeiten – *road works*
Bauch – *abdomen, belly*
Bauchschmerzen – *stomach ache*
Baum – *tree*
Baumwolle – *cotton*
Baustelle – *road works*
bedeckt – *cloudy*
Bedienung – *service*
Behandlungszimmer – *surgery*
Beifahrersitz – *passenger seat*
beige – *beige*
Belichtungsmesser – *exposure meter*
Benzin – *petrol (two star)/ (Am.:) gas*
Benzinstandsanzeiger – *fuel gauge*
Berg – *mountain*
Bergsteigen – *mountaineering*
Bernstein – *amber*
Beruf – *profession*
besetzt – *engaged*
Besteck – *cutlery*
Betrag – *amount*
Bett – *bed*
Beutel – *bag*
BH – *bra*
Bibliothek – *library*
Bier – *beer*
Bikini – *bikini*
Binde – *bandage*
Birke – *birch*
Birne – *pear*
bis – *until, till*
bitte – *please*
bitte sehr (wenn man etwas überreicht) – *here you are*
Blase – *bladder*
Blase (am Fuß) – *blister*
Blasenkatarrh – *cystitis*
blau – *blue*
blauer Fleck, Bluterguß – *bruise, haematoma, effusion of blood*
Blazer – *blazer*
Blei – *lead*
bleifrei – *unleaded*
Blinddarm – *appendix*
Blinker (Auto) – *flashing indicator*
Blinker (Angeln) – *spoon*
Blinkschalter – *turn signal switch*
Blitzlicht – *flashlight*
Blitzventil – *patent valve*
Blumenkohl – *cauliflower*
Bluse – *blouse*
Blutung – *bleeding, haemorrhage*
Blutwürstchen – *black pudding*
Bogen – *arch*
Bohnen – *beans*
Bohnen, Stangen- – *runner beans*
Bohrer – *drill*
Bohrmaschine – *electric drill*
an Bord gehen – *embark*
Botanischer Garten – *botanical gardens*
Branchentelefonbuch – *yellow pages*
Braten – *frying*
brauchen – *need*
braun – *brown*
Bremsbelag – *brake lining*
Bremse – *brake*
Bremsflüssigkeit – *brake fluid*
Bremszug – *brake cable*

Brief – *letter*
Briefkasten – *letter box*
Briefmarken – *stamps*
Briefpapier – *writing paper*
Brille – *glasses, spectacles*
Brillengestell – *spectacle frame*
Brötchen – *bread roll*
Brombeeren – *bramble*
Bronchien – *bronchi*
Bronchitis – *bronchitis*
Bronze – *bronze*
Broschüre – *brochure, leaflet*
Brot – *bread*
Bruder – *brother*
Brücke – *bridge*
Brühe – *broth*
Brust – *breast*
Buche – *beech*
Buchhandlung – *book shop*
Bucht – *bay*
Buchung – *booking*
Bücher – *books*
Bügeln – *pressing*
Bug – *bow*
Bund – *bunch, lot*
bunt – *coloured*
Burg – *castle*
Busbahnhof – *bus terminal*
Butter – *butter*

## C

Café – *tea room, coffee shop*
Camping-Bus – *camping bus*
Campingausweis – *camping permit*
Campingplatz – *campsite*
Caravan – *caravan*
Chicorée – *chicory, (Am.:) endive*
Chirurg – *surgeon*
Chor – *choir*

## D

Dach – *roof*
Damenbekleidung – *ladies' wear*
Damenbinden – *sanitary towels*
Damenrad – *lady's bicycle*
danke – *thank you, thanks*
Darm – *intestine*
Datteln – *dates*
Datum – *date*
Dauerwelle – *perm(anent wave)*
Daumen – *thumb*
Decke – *blanket*
Deodorant – *deodorant*
Dessert – *dessert*
Deutschland – *Germany*
Dezember – *December*
Diabetiker – *diabetic*
Diafilm – *film for slides*
Dienstag – *Tuesday*
Diesel – *diesel*
Dill – *dill*
Diskothek – *discoteque*
Donnerstag – *Thursday*
Doppelzimmer – *double (room)*
Dose – *tin, can*
Dosenöffner – *can opener*
Drachenfliegen – *hang-gliding*
Draht – *wire*
Drehzahlmesser – *revolution counter, tachometer*
Dreigangrad – *bicycle with three gears*
Drogerie – *drugstore, chemist's*
Druck – *print*
Düne – *dune*
dunkel – *dark*
Dunst – *haze*
Durchfahrt verboten – *no thouroughfare*
Durchfall – *diarrhea*
durchgebraten (Steak) – *well done*
Durst – *thirst*
Dusche – *shower*
Dutzend – *dozen*

## E

Ebbe – *low tide*
Ehefrau – *wife*
Ehemann – *husband*
Eiche – *oak*
Eidechse – *lizard*
Eier – *eggs*
Eilbrief – *express letter*
Einbahnstraße – *one way*
Eingang – *entrance, entry*
Einkaufstüte – *shopping bag*

einmal – *once*
Einschreiben – *registered letter*
Eintopf – *stew*
Eintritt(sgeld) – *entrance, admission fee*
Einzelzimmer – *single room*
Eis – *ice cream*
Eisenwaren – *ironmonger , (Am.:) hardware*
Eisglätte – *ice*
Eislauf – *skating*
Elektrogeschäft – *electrical goods shop*
Elfenbein – *ivory*
Ellenbogen – *elbow*
Eltern – *parents*
Empore – *gallery, balcony*
eng (Kleidung) – *tight*
Engpaß – *road narrows*
Ente – *duck*
entschuldigen Sie bitte – *pardon, excuse me*
Entzündung – *inflammation*
Erbrechen – *vomiting*
Erbsen – *peas*
Erdbeeren – *strawberries*
Erdgeschoß – *ground floor*
Erdnüsse – *peanuts*
Erkältung – *cold*
erklären – *explain*
Erle – *alder*
Ersatzteil – *spare part*
Erwachsene – *adults*
Esche – *ash*
Eßkastanie – *sweet chestnut*
Eßlöffel – *tablespoon*
Essig – *vinegar*
Estragon – *tarragon*
Expressbus – *express bus*
Expresszug – *express train*

## F

Fabrik – *factory*
Fachwerk – *half-timber*
(Auto)Fähre – *(car) ferry*
Fahrersitz – *driver's seat*
Fahrgestell – *chassis*
Fahrkarten – *tickets*
Fahrkartenkontrolle – *check of tickets*
Fahrplan – *timetable*
Fahrradfahrer – *cyclist*
Fahrradkorb – *basket*
Fahrradweg – *cycle track*
Fahrstuhl – *lift*
Fahrzeug – *vehicle*
Fallschirmspringen – *parachuting*
Familienname – *surname*
Farbbilderfilm – *film for colour prints*
Farbe – *colour*
farbig – *coloured*
Fasan – *pheasant*
faul – *rotten*
Februar – *February*
Feiertag – *holiday*
Feigen – *figs*
Feinkostgeschäft – *delikatessen*
Feld – *field*
Felge – *rim*
Felgen-Bremse – *calliper brake*
Felsen – *rock*
felsig – *rocky*
Felsmalereien – *rock paintings*
Felsvorsprung – *promontory*
Fenchel – *fennel*
Fenster – *window*
Fensterplatz – *window-seat*
Ferien – *holidays*
Ferngespräch – *trunk call*
Fernlicht – *full, high beam*
Fernsehgerät – *TV, television*
Festiger – *conditioner*
fett – *fat*
Feuerzeug – *lighter*
Fichte – *spruce*
Fieber – *fever, temperature*
Fieberthermometer – *thermometer*
Filet – *fillet*
Film – *picture , movie*
Film-Kassette – *cartridge film*
Filmempfindlichkeit – *film speed*
Finger – *finger*
Fisch – *fish*
Fischgeschäft – *seafood, fishmonger's*
Flaschenöffner – *bottle opener*
Fleisch – *meat*
flicken – *mend*
Flickzeug – *puncture repair kit*
Flughafen – *airport*

Flugnummer – *flight number*
Flugplan – *flight schedule*
Flugpreis – *air fare*
Flugsteig – *gate*
Flugzeit – *flight time*
Fluß – *river*
Flut – *high tide*
Fön – *hairdrier*
Forelle – *trout*
Formular – *form*
Fotogeschäft – *photography*
Frauenarzt – *gynaecologist*
Freibad – *outdoor swimming-pool*
Freitag – *Friday*
Freund (= Lebensgefährte) – *boyfriend*
Freundin (= Lebensgefährtin) – *girlfriend*
Friedhof – *churchyard, cemetery*
frisch – *fresh*
Frisör – *hairdresser*
fritiert – *deep fried*
Frosch – *frog*
Frühjahr – *spring*
Frühstück – *breakfast*
Führerschein – *driving licence (Am.: driver's licence)*
Führung – *guided tour*
Fuß – *foot*
Fußball – *football, (Am.:) soccer*
Futter – *lining*

## G

Gabel – *fork*
Gänseleberpastete – *paté de foie gras*
Galerie – *gallery*
Gang (Auto usw.) – *gear*
Gang – *corridor*
Gangschaltung – *gear shift*
Gans – *goose*
Garderobe – *cloakroom*
Garnelen – *prawns*
Garten – *garden*
Gas(pedal) – *accelerator pedal*
Gasse – *alley*
Gasthaus – *inn*
Gebäck – *cakes*
Gebäude – *building*
Gebirge – *mountain range*
Gebläse – *fan*
gebraten – *fried*
Gebühren – *charges*
Gebühren (Tunnel, Weg, Brücken) – *toll*
Gebüsch – *bushes*
Geburtsdatum – *date of birth*
Geburtsname („Mädchenname") – *maiden name*
Geburtsort – *place of birth*
Gefäß – *vessel*
Gefahr – *danger*
Geflügel – *fowl*
gefüllt – *stuffed*
Gegenverkehr – *oncoming traffic*
gegrillt – *grilled, roast*
Gehirnerschütterung – *concussion*
gekocht – *cooked, boiled*
Geländewagen – *jeep*
gelb – *yellow*
Gelbsucht – *jaundice*
Gemälde – *painting*
gemahlen – *ground*
Gemüse – *vegetables*
Gemüse-, Obsthändler – *greengrocer*
geöffnet – *open*
Gepäck – *luggage*
Gepäck-Schließfach – *left luggage locker*
Gepäcknetz – *rack*
Gepäckschalter – *luggage counter*
Gepäckträger (Fahrrad) – *carrier*
geradeaus – *straight on*
geräuchert – *smoked*
Gericht – *dish*
Geschenkartikel – *presents*
Geschirr – *crockery*
geschlossen – *closed*
geschnitten (in Scheiben) – *sliced*
Geschwindigkeitsbegrenzung – *speed limit*
gestern – *yesterday*
gestreift – *striped*
gesund – *healthy*
(un)geteert – *(un)surfaced*
Getränke – *beverages*
Getriebe – *gearbox*
getrocknet – *dried*
Gewitter – *thunderstorm*
Gewürze – *spices*

Gipsverband – *plastercast*
Glas – *glass*
Glatteis – *ice*
Gletscher – *glacier*
Glühbirne – *light bulb*
Golfplatz – *golf course*
Golfschläger – *golf club*
Gotik – *gothic*
Grad – *degree*
grau – *grey, gray*
Graupel – *sleet*
Grillen – *grilling*
Grillkohle – *charcoal*
Grippe – *flu*
Größe – *size*
groß – *large (big)*
Grotte, Höhle – *cave*
grün – *green*
Gummiband – *elastic*
Gummistiefel – *wellingtons (Brit.), gum bocts*
Gurke (Salat-) – *cucumber*
Gurken (eingelegte) – *gherkins*
gut durch (Steak) – *well done*

## H

Haarbürste – *hairbrush*
Haare färben – *hair dyeing*
Haarschnitt – *haircut*
Hackfleisch – *minced meat*
Hähnchen – *chicken*
Hämorrhoiden – *haemorrhoids, piles*
häßlich – *ugly*
Hafen – *harbour, port*
Haferflocken – *rolled oats*
Haftungsausschluß – *exclusion of liability*
Halbpension – *half board*
Halbschuhe – *shoes*
Hallenbad – *indoor swimming-pool*
Hals – *neck*
Hals-, Nasen-, -Ohrenarzt – *ear nose and throat specialist*
Halstuch – *scarf*
Halsweh – *sore throat*
Haltestelle – *stop*
Halteverbot – *no waiting, no loading*
Hammelfleisch – *mutton*
Hammer – *hammer*
Hand – *hand*
Handball – *handball*
Handbremse – *parking brake, handbrake*
Handgelenk – *wrist*
(Faust)-Handschuhe – *mittens*
Handschuhe – *gloves*
Handschuhfach – *glove box*
Handtuch – *towel*
Hase – *hare*
Haselnüsse – *hazelnuts*
Hauptspeise – *main dish*
Haushaltswaren – *household goods*
Haut – *skin*
Hautarzt – *dermatologist*
Hecht – *pike*
Heck – *stern*
Heckklappe – *boot lid*
Heckscheibe – *rear window*
heiter (Wetter) – *sunny*
Heizung – *heating*
hell – *light*
Helm – *helmet*
Hemd – *shirt*
Herbst – *autumn (Brit.), fall (Am.)*
Hering (Zelt) – *tent peg*
Hering (Fisch) – *herring*
Herrenbekleidung – *men's wear*
Herrenhaus – *manor house*
Herrenrad – *man's bicycle*
Herz – *heart*
Herzmuscheln – *cockles*
Herzschrittmacher – *pacemaker*
Heuschnupfen – *hay fever*
heute – *today*
heute abend – *tonight*
heute morgen – *this morning*
Hexenschuß – *lumbago*
Hilfe – *aid, help*
Himbeeren – *raspberries*
Hinflug – *one-way*
hinten – *at the back*
Hinterrad – *rear wheel*
Hinterradantrieb – *rear wheel drive*
Hitzschlag – *heat stroke*
Hochdruckgebiet – *ridge of high pressure*
Hochseefischen – *sea angling*
Hörer – *receiver*

Holz – *wood*
Honigmelone – *honeydew melon*
Horn – *horn*
Hose – *trousers, (Am.:) pants*
hübsch – *nice, lovely, pleasant*
Hügel – *hill*
Hühnerauge – *corn*
Hünengrab – *dolmen*
Huhn – *chicken*
Hummer – *lobster*
hundert – *one hundred*
Hunger – *hunger*
Hupe – *horn*
Husten – *cough*
Hustenmittel – *cough remedy*
Hustensaft – *cough syrup*
Hut – *hat*

## I

Impfbescheinigung – *vaccination certificate*
Impfung – *vaccination*
Inbusschlüssel – *hexagonal socket head key*
Information – *information*
Insekten – *insects*
interessant – *interesting*
Ischias – *sciatica*

## J

ja – *yes*
(Strick-)Jacke – *vest*
Jacke – *jacket*
Jagen – *hunting*
Jahr – *year*
Jahreskarte – *annual permit*
Jahrhundert – *century*
Januar – *January*
Joghurt – *yaourt, yoghurt*
schwarze/rote Johannisbeeren – *black/red currants*
Jugendherberge – *youth hostel*
Jugendherbergsausweis – *IYF member card*
Jugendstil – *Art Nouveau*
Juli – *July*
Juni – *June*
Juwelier – *jeweller*

## K

Kabel – *cable*
Kabeljau – *cod*
Kännchen – *pot*
Käse – *cheese*
Käsebrot – *cheese sandwich*
Kaffee – *coffee*
Kai – *quai*
Kalbfleisch – *veal*
kalt – *cold*
Kamm – *comb*
Kammuscheln – *scallops*
Kanal – *canal*
Kaninchen – *rabbit*
Kanu – *canoe*
Kanusport – *canoeing*
Kapelle – *chapel*
Kapern – *capers*
Kapitell – *capital*
Kapseln – *capsules*
Karfreitag – *Good Friday*
kariert – *chequered*
Karneval – *Carnival*
Karosserie – *body*
Karotten – *carrots*
Karpfen – *carp*
Kartoffelbrei – *mashed potatoes*
Kartoffeln – *potatoes*
gebackene Kartoffeln – *baked potatoes*
Kasse – *cash desk*
Kastanien – *sweet chestnuts*
Kaufhaus – *department store*
Kaution – *deposit*
Kehle – *throat*
Kehlkopf – *larynx*
Kekse – *cookies*
Kellner/-in – *waiter/waitress*
Keramik – *ceramics, pottery*
Kerbel – *chervil*
Kette – *chain*
Kettenfett – *grease*
Kettenschutz – *chain guard*
Keule – *leg*
Kichererbsen – *chick-pea*
Kiefer – *pine*
Kies – *gravel, pebble*

Kilometerpauschale – *unlimited mileage*
Kinder – *children, kids*
Kinderarzt – *paediatrician*
Kinderbett – *child's bed*
Kinderkleidung – *children's wear*
Kindernahrung – *baby food*
Kindersitz – *child's seat, child carrier*
Kino – *cinema*
Kirche – *church*
Kirschen – *cherries*
Klassizismus – *classicism*
Klebeband – *adhesive tape*
Kleid – *dress*
klein – *small*
Kleinbildfilm – *35-mm film*
Klima – *climate*
Klimaanlage – *air-condition*
Klingel – *bell*
Klippe – *cliff*
Kneifzange – *pincers*
Kneipe – *pub*
Knie – *knee*
Knoblauch – *garlic*
Knochen – *bone*
Knöchel – *ankle*
Knopf – *button*
Kochen – *cooking*
Kocher – *cooker*
Kochstelle – *cooking place*
Köder – *bait*
Kofferraum – *boot*
Kohl – *cabbage*
Kokosnuß – *coconut*
Kompresse – *compress*
Konditorei – *confectionery*
Kontaktlinsen – *contact lenses*
Konto – *account*
Kontrolleuchte – *warning light*
Konzert – *concert*
Kopfkissen – *cushion*
Kopfsalat – *lettuce*
Kopfschmerzen – *headache*
Kopfstütze – *headrest*
Korkenzieher – *corkscrew*
Kostüm – *suit*
Kotelett – *cutlet, chop*
Koteletten – *sideburns, sidewhiskers*
Kotflügel – *wing*
Krabbe – *crab*
Krabben, kleine Garnelen – *shrimps*
Kragen – *collar*
(Waden)Krampf – *cramp*
krank – *ill*
Krankenhaus – *hospital*
Krankenversicherung – *medical insurance*
Krankheit – *illness*
Krawatte – *tie*
Kreditkarte – *credit card*
Kreisverkehr – *roundabout*
Kreuz – *cross*
Kreuzfahrt – *cruise*
Kreuzgang – *cloister*
Kreuzotter – *adder*
Kreuzschlitzschraubenzieher – *crosspoint screwdriver*
Kreuzung – *junction, cross-roads*
Kröte – *toad*
Krypta – *crypt*
Kuchen – *cake*
Küche – *kitchen*
Kühler – *radiator*
Kühlergrill – *radiator grille*
Kürbis – *pumpkin*
Kugellager – *ball bearings*
Kupferstich – *engraving*
Kuppel – *dome*
Kupplung(spedal) – *clutch*
Kurbelwelle – *crankshaft*
Kurs – *instrution, tuition*
Kurve – *bend*
Kurzwaren – *haberdashery*

## L

Lachs – *salmon*
Ländervorwahl – *country code*
Lagune – *lagoon*
Lamm – *lamb*
Lammfleisch – *lamb*
Landschaft – *landscape*
Langhaus (Kirchenschiff) – *nave*
langsam – *slow*
langweilig – *boring*
Lauch – *leek*
laut – *noisy*

Lava – *lava*
Lebensmittel – *grocery, food*
Lebensmittelallergie – *food allergy*
Lebensmittelvergiftung – *food poisoning*
Leber – *liver*
Leder – *leather*
Lederwaren – *leather goods*
Leim – *glue*
Leitung (Telefon) – *line*
Lenker – *handlebar*
Lenkrad – *steering wheel*
Leuchtraketen – *signal rockets*
Leuchtturm – *lighthouse*
Licht – *light*
lieber ... als – *rather ... than*
Liegestuhl – *deck chair*
Liegewagen – *couchette-coach*
lila – *lilac*
Limonade – *lemonade*
links – *left*
Linsen – *lentils*
LKW – *lorry*
Lockenwickler – *curlers*
Loge – *box*
Luftbehälter – *static air tank*
Luftdruckmesser – *pressure gauge*
Luftpost – *air mail*
Luftpumpe – *pump*
Luftröhre – *windpipe*
Lunge – *lung*

## M

März – *March*
Magen – *stomach*
Mai – *May*
Mais – *maize, (Am.:) corn*
Majoran – *marjoram*
Makrele – *mackerel*
Malaria – *malaria*
Malz – *malt*
Mandelentzündung – *tonsillitis*
Mandel (Nuß) – *almond*
Mangeln – *mangling*
Maniküre – *manicure*
Mantel – *coat, (Reifen:) tyre*
Markt – *market*
Marmelade – *jam*
Marmor – *marble*
Masern – *measles*
Maske – *mask*
Massage – *massage*
Maßband – *measuring tape*
Material – *material*
Mauer – *wall*
Mayonnaise – *mayonnaise*
Meer – *sea*
Meerenge – *strait, sound*
Meeresfrüchte – *seafood*
Meerrettich – *horseradish*
Mehl – *flour*
mehr – *more*
Mehrwertsteuer – *VAT (= value added tax)*
Meißel – *chisel*
Melone – *melon*
Messer – *knife*
Metzger – *butcher*
Miesmuscheln – *mussels*
Mietdauer – *duration of hire*
Migräne – *migraine*
Milch – *milk*
Milchgeschäft – *dairy shop*
Minigolf – *crazy golf*
Minze – *mint*
mit – *with*
Mittag – *noon, lunchtime*
Mittagessen – *lunch*
mittags – *at noon*
Mitte – *centre*
(Heil-)Mittel – *remedy*
Mittelalter – *Middle Ages*
Mittelohrentzündung – *inflammation of the middle ear*
Mittwoch – *Wednesday*
Möbel – *furniture*
Möhren – *carrots*
Möwe – *seagull*
Mofa – *moped, motorized bicycle*
Montag – *Monday*
Moor – *moor, fen*
morgen – *tomorrow*
Mosaik – *mosaic*
Moschee – *mosque*
Motorhaube – *bonnet*
Motorrad – *motorcycle*

Motorroller – *scooter*
Motorsport – *motoring*
Mountainbike – *mountain-bike*
Mücke – *mosquito*
Mündung – *estuary, mouth*
Münzfernsprecher – *payphone*
Mütze – *cap*
Mumps – *mumps*
Museum – *museum*
Muskatnuß – *nutmeg*
Muskelriß – *torn muscle*
Muskelzerrung – *pulled muscle*
Mutter (Techn.) – *nut*

## N

Nabe – *hub*
nachmittags – *in the afternoon*
Nachspeise – *dessert*
Nacht – *night*
Nachthemd – *nightgown*
nachts – *at night*
Nähgarn – *sewing thread*
Nähnadel – *sewing needle*
Nagel – *nail*
Nagelfeile – *nailfile*
nah – *near*
Nahverkehrszug – *local train*
Name – *name*
Nase – *nose*
Nasenbluten – *nose bleeding*
naß – *wet*
Natter – *snake*
Naturschutzgebiet – *nature reserve*
Nebel – *fog*
Nebelschlußleuchte – *rear fog lamp*
nein – *no*
Nervenschmerzen – *neuralgia*
nett (von Menschen) – *nice, kind*
Neujahr – *New Year*
Niere – *kidney*
Niesel – *drizzle*
Niete – *rivet*
Nockenwelle – *camshaft*
Norden – *north*
Notfall – *emergency*
November – *November*
Nudeln – *noodles*
Nüsse – *nuts*

## O

Objektiv – *lens*
Objektivdeckel – *lens cap*
Observatorium – *observatory*
Obst – *fruit*
Obstkuchen – *fruit pie*
Ochsenkotelett – *best rib*
Öffnungszeiten – *opening hours*
Öl – *oil*
Ölwanne – *oil sump*
Österreich – *Austria*
ohne – *without*
Ohnmacht – *faint*
Ohr – *ear*
Ohrensausen – *singing in the ears*
Oktober – *October*
Oliven – *olives*
Omelette – *omelette*
Optiker – *optician*
Orange – *orange*
Orangenmarmelade – *marmelade*
Oregano – *marjoram*
Orthopäde – *orthopaedic surgeon*
Ortsgespräch – *local call*
Ortsnetz-Vorwahl – *trunk code*
Ortsumgehung – *by-pass*
Osten – *east*
Ostern – *Easter*

## P

Packriemen – *lashing cord*
Packtasche – *pannier bag*
Päckchen – *small parcel*
Paket – *parcel, (Am.:) package*
Paket (großes) – *package*
Paket (kleines) – *packet*
Pampelmuse – *grapefruit*
Panorama – *panorama*
Papierwaren – *stationery*
Pappel – *poplar*
grüner Paprika – *green pepper*
Paprika, Gemüse- – *sweet pepper*
Paranüsse – *brazil nut*
Parkett – *stalls*
Parkhaus – *multistorey car park*

Parkscheibe – *parking disc*
Parkuhr – *(parking) meter*
Parkverbot – *no parking*
Paß – *passport*
Pastete – *pasty, pie*
Pedale – *pedal*
Pediküre – *pedicure*
Periode (Menstruation) – *menstruation*
Perücke – *wig*
Petersilie – *parsley*
Petroleum – *paraffin*
Pfannkuchen – *pancake*
Pfeffer – *pepper*
Pfeiler – *pillar*
Pfingsten – *Whitsun*
Pfirsich – *peach*
Pflaster – *adhesive plaster*
Pflaume – *plum*
Pfund – *pound (lb)*
Pilze – *mushrooms*
Pinsel – *brush*
Piste – *track*
Plane (Zelt) – *awning*
Plastik, Skulptur – *sculpture*
Platane – *plane tree*
Plattfuß – *puncture*
Platz – *square, place*
Platz (Sitz-) – *seat*
Platzanweiser/in – *usher/usherette*
Plombe (Zahn) – *filling*
Polizei – *police*
Pommes frites – *chips*
Pony(frisur) – *fringe, (Am.:) bangs*
Porree – *leek*
Portal – *porch*
Porzellan – *china ware, porcelain*
Postamt – *post office*
Postanweisung – *postal order*
Postkarte – *postcard*
postlagernd – *poste restante, (Am.:) general delivery*
Präservative – *condoms*
Prellung – *contusion, bruise*
Privatzimmer – *private accommodation*
Programm – *repertoire*
Programmheft – *programme*
Prost, Zum Wohl! – *Cheers!*
Puder – *powder*
Pullover – *sweater, jumper*
Pullunder – *slipover, sleeveless sweater*
Pute – *turkey*

## Q

Qualle – *jellyfish*
Quark – *curd cheese*
Quelle – *well, spring*
Querhaus – *transept*
Quitte – *quince*
Quittung – *receipt*

## R

R-Gespräch – *reversed charges, (Am.:) collect call*
Rad – *wheel*
Radfahren – *cycling*
Radio – *radio*
Rahmen – *frame*
Rasierapparat – *razor*
Rasierapparat (elektrisch) – *electric shaver*
Rasierklingen – *razor blades*
Rasierpinsel – *shaving brush*
Rasierseife – *shaving soap*
Rathaus – *town hall*
Raubvogel – *bird of prey*
Rechnung – *bill, (Am.:) check*
rechts – *right*
Reflektor – *reflector*
Regen – *rain*
Regenbogenforelle – *rainbow trout*
Regencape – *raincape*
Regenjacke – *rainjacket*
Regenmantel – *raincoat*
Regenschirm – *umbrella*
Reh(fleisch) – *venison*
Reifen – *tyre*
Reifendruck – *tyre pressure*
Reihe – *row*
Reinigungslösung – *cleaning solution*
Reis – *rice*
Reisekrankheit – *travelling sickness*
Reißverschluß – *zip(per)*
Reiten – *horse-riding*
Reitstall – *riding-stable*
Reklamation – *complaint*

Renaissance – *renaissance*
Reserverad – *spare wheel*
Reservierung – *reservation, booking*
Rettich – *radish*
Rettungsboot – *life boat*
Rettungsring – *life belt*
Rettungswagen – *ambulance*
Rezept – *prescription*
Rezeption – *reception*
Rindfleisch – *beef*
Rippe – *rib*
Rock – *skirt*
Röhre – *tube, pipe*
Röteln – *German measles*
Rogen – *roe*
Roggen – *rye*
roh – *raw*
Rollfilm – *roll film*
Rollsplitt – *loose chippings*
Rolltreppe – *escalator*
rosa – *pink*
Rosenkohl – *Brussels sprouts*
Rosinen – *raisin*
Rosinenbrötchen – *scones*
Rosmarin – *rosemary*
Roßkastanie – *horse-chestnut*
rot – *red*
Rote Bete – *beetroot*
Rotwild – *deer*
Ruderboot – *rowing boat*
Rücken – *back*
Rückenlehne – *back (of the seat)*
Rückenschmerzen – *back-ache*
Rückfahrkarte – *return ticket*
Rückflug – *return flight*
Rücklicht – *rear lamp*
Rückspiegel – *mirror*
Rücktritt – *back pedal*
Rücktrittbremse – *coaster brake*
Rührreier – *scrambled eggs*
ruhig gelegen – *quietly situated*
Ruine – *ruin*
Rumpsteak – *rump steak, sirloin*

## S

Sackgasse – *cul de sac*
Säge – *saw*
Säulen – *pillars*
Safran – *saffron*
Saft – *juice*
Sahne – *cream*
Sahne, süße Schlag- – *whipped cream*
Sahnetorte – *cream cake*
Sakko – *jacket*
Salbe – *ointment*
Salbei – *sage*
Salz – *salt*
Samstag, Sonnabend – *Saturday*
Sand – *sand*
Sandalen – *sandals*
Sandbank – *sandbank*
sandig – *sandy*
Sarkophag – *sarcophagus*
Sattel – *saddle*
sauer – *sour*
Schaden – *damage*
Schaffner – *ticket collector*
Schal – *scarf*
Schalentiere – *crustacea*
Schalter – *switch*
Schalthebel – *gear lever*
Schauspieler/in – *actor, actress*
Scheck – *cheque*
Scheckkarte – *cheque card*
Scheibe (Wurst, Käse, Brot) – *slice*
Scheibenwischer – *windscreen wiper*
Schellfisch – *haddock*
Schere – *scissors*
Scheuermittel – *scouring agent*
Schiefer – *slate*
Schienbein – *shin*
Schilf – *reed*
schimmelig – *mouldy*
Schinken – *gammon, ham, bacon*
Schinken mit (Spiegel-)Eiern – *bacon and eggs*
Schirm – *umbrella*
Schlafanzug – *pyjamas, (Am.:) pajamas*
Schlafmittel – *sleeping pill*
Schlafsaal – *dormitory*
Schlafwagen – *sleeping-car*
Schlaglöcher – *pot-holes*
Schlange – *snake*
Schlauch – *tube*
schlecht – *bad*

Schleifpapier – *sandpaper*
Schleudergefahr – *slippery road*
Schleudern – *spin drying*
Schloß – *lock*
Schloß (Burg)– *castle*
Schlucht – *ravine, gorge, canyon*
Schlüssel – *key*
Schmerzmittel – *painrelieving drug*
Schminken – *make-up*
Schmoren – *braising*
Schnauzbart – *moustache*
Schnecke – *snail*
Schnee – *snow*
Schneiderei – *tailor's shop*
Schnellimbiß – *fast food, take-away*
Schnellstraße – *main road*
Schnellzug – *express train*
Schnittlauch – *chives*
Schnürsenkel – *shoelace*
schön – *beautiful*
Schokolade – *chocolate*
Scholle – *plaice*
Schraube – *screw*
Schraubenschlüssel – *spanner*
Schraubenzieher – *screwdriver*
Schüttelfrost – *shivering fit*
Schuhgeschäft – *shoe shop*
Schule – *school*
Schuppen (Kopf-)– *dandruff*
Schutzblech – *mudguard*
schwanger – *pregnant*
schwarz – *black*
Schwarzweißfilm – *black-and-white-film*
Schweinefleisch – *pork*
Schweiz – *Switzerland*
Schwester – *sister*
Schwimmbad – *swimming-pool*
Schwimmen – *bathing, swimming*
Schwimmweste – *life jacket*
schwindlig – *dizzy*
Schwitzen – *sweating*
See – *lake*
Seeigel – *sea-urchin*
seekrank – *seasick*
Seezunge – *sole*
Segelboot – *sailing boat*
Segelfliegen – *gliding*
Segeln – *sailing*
Sehnenzerrung – *pulled tendon*
seicht – *shallow*
Seife – *soap*
Seitenschiffe – *side aisles*
Selbst kochen – *self catering*
Selbstbedienung – *self-service*
Sellerie – *celery*
Senf – *mustard*
September – *September*
Sicherheitsgurt – *seat belt, safety belt*
Sicherheitsnadel – *safety pin*
Sicherung – *fuse*
Silvester – *New Year's Eve*
Sims – *sill*
Skulpturen – *sculptures*
Sockel – *base*
Socken – *socks*
Sohle – *sole*
Sommer – *summer*
Sonne – *sun*
Sonnenbrand – *sunburn*
Sonnenbrille – *sunglasses*
Sonnenhut – *sun hat*
Sonnenöl – *suntan lotion*
Sonnenstich – *sunstroke*
Sonnenstudio – *solarium*
Sonntag – *Sunday*
Spachtel – *stripping knife*
Spargel – *asparagus*
Speichen – *spokes*
Speisekarte – *menu*
Speiseröhre – *oesophagus, gullet*
Speisewagen – *dining-car*
Spiegel – *mirror*
Spiegelei – *fried egg*
Spielwarenhandlung – *toy shop*
Spielzeugwaren – *toys*
Spinat – *spinach*
Spiritus – *methylated spirit*
Sportartikel – *sports equipment*
Sprechstunde – *consulting hours*
Springflut – *springtide*
Spüllappen – *dish cloth*
Spülmittel – *dish washing liquid*
Staatsangehörigkeit – *citizenship*
Stadtbus – *bus*

Stadtplan – *town map*
Stadtrundfahrt – *sight seeing tour*
Ständer (Fahrrad) – *stand*
Standlicht – *side light*
Starthilfekabel – *jump lead*
Statue – *statue*
Stausee – *reservoir*
Stecker, Steckdose – *plug, socket*
Steinbruch – *quarry, mine*
steinig – *stony*
Stiefel – *boots*
Störung – *interference*
Stoff – *material*
Stopfen – *darning*
Stopp – *stop*
Stoßdämpfer – *shock absorber*
Stoßstange – *bumper*
Strand – *beach*
Straße – *road*
Strauch – *bush*
Strom – *stream*
Stromschnelle – *rapid*
(Damen)Strümpfe – *stockings*
Strumpfhose – *tights*
Stück (Kuchen) – *piece of (cake)*
Stufenschnitt – *layered cut*
Sturm – *storm*
Süden – *south*
süß – *sweet*
Süßigkeiten – *sweets*
Sumpf – *bog*
Sund – *sound*
Super – *petrol (four star)*
Suppe – *soup*
Surfbretter, Ausrüstung – *surfboards, surfing equipment*
Surfen – *windsurfing*
Synagoge – *synagogue*

## T

Tabak – *tobacco*
Tabakladen – *tobacconist's shop*
Tabletten – *tablets*
Tachometer – *speedometer*
Tal – *valley*
Tampons – *tampons*
Tank – *tank*
Tankeinfüllstutzen – *fuel filler neck*
Tankstelle – *service station, filling station, petrol station*
Tankverschluß – *fuel cap*
Tasche (an Kleidung) – *pocket*
Taschenlampe – *torch*
Taschentuch – *handkerchief*
Tasse – *cup*
Taube – *dove, pigeon*
Tauchausrüstung – *diving equipment*
Tauchen – *(sub-aqua) diving*
Taufbecken – *font*
tausend – *one/a thousand*
Tee – *tea*
Teelöffel – *teaspoon*
Teich – *pond*
Teilnehmer-Nummer – *subscriber number*
Telefon – *telephone*
Telefonbuch – *telephone directory*
Telefonzelle – *phone booth*
telegrafische Überweisung – *telegraphic remittance*
Teller – *plate*
Temperaturen – *temperatures*
Tennisplatz – *tennis court*
Tennisschläger – *tennis racket*
Tetanus – *tetanus*
Theater – *theater*
Thunfisch – *tunny, tuna*
Thymian – *thyme*
Tiere – *animals*
Tinktur – *tincture*
Tischtennis – *table tennis*
Toiletten – *toilets, WC, lavatories*
Toilettenpapier – *toilet paper*
Tomaten – *tomatoes*
Ton – *clay*
Tor – *gate*
Toupet – *toupet*
Touristeninformation – *tourist information*
Trauben – *grapes*
Trauerweide – *weeping willow*
Treibsand – *quicksand*
eine Treppe tiefer – *down the stairs*
Treppen – *stairs*
Tretboot – *pedal boat*
Tretlager – *bottom bracket bearing*

Trinkgeld – *tip*
Trinkwasser – *drinking water*
Trockenhaube – *drying hood*
Trödlerladen – *second hand shop*
Tropfen – *drops*
Tschüß (familiär) – *Bye bye*
Türgriff – *door handle*
Türschloß – *door lock*
Tüte – *bag*
Turm – *tower*

## U

übel – *sick*
Übelkeit – *sickness, nausea*
überbelichtet – *overexposed*
überholen – *overtaking*
Überlandbus – *coach*
Überweisung – *transfer*
(Armband-)Uhr – *watch*
Uhrmacher – *watchmaker*
Ulme – *elm*
Umkleidekabinen – *changing rooms, cubicles*
Umleitung – *diversion*
Umtauschgebühren – *commission*
Umweg – *detour*
Unfall – *accident*
Untergeschoß – *basement*
Unterhemd – *vest*
Unterhose – *drawers, (under)pants (für Männer)*
Unterlegscheibe – *washer*
Unterleibsschmerzen – *abdominal pain*
Unterschrift – *signature*
Unterwäsche – *underwear*

## V

Vanillesauce – *custard*
Ventil – *valve*
Verband – *dressing*
Verbandskasten – *first aid kit*
Verbrennung – *burn*
verdorben – *rotten*
Vergaser – *carburettor*
Verkäufer, in – *shop assistant*
Verletzte – *injured (persons)*
Vermittlung – *operator*
Verspätung – *delay*
Verstauchung – *sprain*
verstehen – *understand*
Verstopfung – *constipation*
Verzeihung – *excuse me, I'm sorry.*
vierspurige Straße – *dual carriageway*
viertel – *quarter*
Vierung – *crossing*
Visum – *visa*
Vögel – *birds*
Vogelschutzgebiet – *bird sanctuary*
Vollbart – *full beard*
Volleyball – *volley-ball*
Vollkasko – *comprehensive insurance*
Vollpension – *full board*
Vorderlicht – *front lamp*
Vorderrad – *front wheel*
Vorderradantrieb – *front wheel drive (FWD)*
vormittags – *in the morning*
vorn – *at the front*
Vornamen – *given names*
Vorspeise – *starter*
Vorverkauf – *advance booking*
Vulkan – *volcano*

## W

Wachtel – *quail*
Wade – *calf*
Währung – *currency*
Wäsche, Miederwaren – *underwear*
(Damen-)Wäscheabteilung – *lingerie*
Wäschetrockner – *tumble drier*
Wagen – *carriage*
Wagenheber – *(screw) jack*
Wagennummer (Zug) – *carriage number*
Wald – *wood*
Walnüsse – *walnuts*
Wandern – *walking*
warm – *warm*
Warnblinkanlage – *hazard warning lights*
Wartesaal – *waiting room*
Wartezimmer – *waiting room*
Waschen – *washing*
Waschküche – *laundry*
Waschlappen – *face flannel, (Am.:) washcloth*
Waschmaschine – *washing machine*
Waschmittel – *washing powder*
Waschraum – *lavatory*

Waschsalon – *launderette*
Wasser – *water*
Wasserfall – *(water)fall, cascade*
Wasserkanister – *water tank*
Wasserrohrzange – *pipe wrench*
Wasserski – *waterskiing*
Wasserspeier – *gargoyle*
Watt – *mudflats*
Watte – *cotton wool*
WC – *flush toilet, WC*
wechselhaft – *changeable*
Wechselkurs – *exchange rate*
Wecker – *alarm clock*
(Feld-)Weg – *track*
Weide – *willow*
Weihnachten – *Christmas, X-mas*
Wein – *wine*
Weinbergschnecken – *snails*
Weinhandlung – *wine shop*
Weintrauben – *grapes*
weiß – *white*
Weißkohl – *white cabbage*
Weißkohlsalat – *coleslaw*
Weißwürstchen – *white pudding*
weit – *far*
Weizen – *wheat*
Wellhornschnecken – *whelks*
weniger – *less*
Werkstatt – *repair shop*
Werkzeugkasten – *tool box*
Weste – *waistcoat*
Westen – *west*
Wetterbericht – *weather forecast*
Wiese – *meadow*
Wild – *game*
Wildschwein – *wild boar*
Wildwasserkanusport – *rapid river canoeing*
Wildwechsel – *game crossing*
Wind, schwacher – *moderate wind*
Wind, starker – *strong wind*
Windeln – *nappies*
Windpocken – *chickenpox*
Windschutzscheibe – *windscreen*
Windschutzsegel – *windbreak*
Winter – *winter*
Woche – *week*
Wohnmobil, Bus – *mobile home*
Wohnort – *place of residence*
Wolle – *wool*
Wüste – *desert*
Wunde – *wound, cut*
Wurst, Würstchen – *sausage*

## Z

Zahlkarte – *paying in form*
Zahlmeister – *purser*
Zahn – *tooth*
Zahnarzt – *dentist*
Zahnbürste – *toothbrush*
Zahnersatz – *denture*
Zahnpasta – *toothpaste*
Zahnschmerzen – *toothache*
Zange – *pliers*
Zapfpistole – *nozzle*
Zapfsäule – *petrol pump*
Zehen – *toes*
zehn – *ten*
Zeitschrift – *magazine*
Zeitung – *(news)paper*
Zeitungshändler – *newsagent*
Zelt – *tent*
Zeltstange – *tent pole*
Zeuge – *witness*
Ziege – *goat*
Ziegel – *brick*
Zigaretten – *cigarettes*
Zigarre – *cigar*
Zimmer frei – *vacancies*
Zimmermädchen – *chambermaid*
Zitrone – *lemon*
Zoll – *customs*
Zoll-Beamter – *customs' officer*
Zollgebühren – *duty*
Zollstock – *folding rule*
Zoo – *zoo(logical garden)*
Zucker – *sugar*
Zündhölzer – *matches*
Zündkerze – *(sparking) plug*
Zündschloß – *ignition switch*
Zündung – *ignition*
Zunge – *tongue*
zweimal – *twice, two times*
Zwiebeln – *onions*
Zypresse – *cypress*

# Englisch – Deutsch

## A

abbey – *Abtei*
abdomen, belly – *Bauch*
abdominal pain – *Unterleibsschmerzen*
accelerator pedal – *Gas(pedal)*
accident – *Unfall*
account – *Konto*
actor/actress – *Schauspieler/-in*
adder – *Kreuzotter*
adhesive plaster – *Pflaster*
adhesive tape – *Klebeband*
adults – *Erwachsene*
advance booking – *Vorverkauf*
afternoon – *Nachmittag*
age – *Alter*
aid, help – *Hilfe*
air fare – *Flugpreis*
air mail – *Luftpost*
air-condition – *Klimaanlage*
airport – *Flughafen*
alarm clock – *Wecker*
alder – *Erle*
all – *alle(s)*
allergic to – *allergisch gegen*
alley – *Gasse*
almonds – *Mandeln*
altar – *Altar*
amber – *Bernstein*
ambulance – *Rettungswagen*
amount – *Betrag*
animals – *Tiere*
aniseed – *Anis*
ankle – *Knöchel*
annexe – *Anbau*
annual permit – *Jahreskarte*
antique shop – *Antiquitäten*
antiquity – *Altertum*
appendix – *Blinddarm*
apple – *Apfel*
apple pie – *Apfelkuchen*
apricot – *Aprikosen*
April – *April*
aquarium – *Aquarium*
aqueduct – *Wasserleitung, Aquädukt*
arch – *Bogen*
arm – *Arm*
arm, leg fracture – *Arm-, Beinbruch*
arrival time – *Ankunftszeit*
Art Nouveau – *Jugendstil*
artichoke – *Artischocke*
ash – *Esche*
asparagus – *Spargel*
attention – *Achtung*
aubergine, egg-plant – *Aubergine*
August – *August*
Austria – *Österreich*
autumn (Brit.), fall (Am.) – *Herbst*
avenue – *Allee*
awning – *Plane*
axle – *Achse*

## B

baby food – *Kindernahrung*
at the back – *hinten*
back – *Rücken*
back pedal – *Rücktritt (Fahrrad)*
back-ache – *Rückenschmerzen*
bacon and eggs – *Schinken mit (Spiegel-)Eiern*
bag – *Beutel, Tüte*
bait – *Köder*
baked beans – *Bohnen in Tomatensauce*
baked potatoes – *gebackene Kartoffeln*
baker – *Bäcker*
balcony – *Balkon*
ball bearings – *Kugellager*
banana – *Banane*
bandage – *Binde*
bar – *Bar*
baroque – *Barock*
base – *Sockel*
basement – *Untergeschoß, Basement*
basil – *Basilikum*
basilica – *Basilika*
basket – *Korb*
basket-ball – *Basketball*
bathing – *Schwimmen*
bathing cap – *Badehaube*
bathing shoes – *Badeschuhe*
bathing suit, swimsuit – *Badeanzug*
bathing trunks – *Badehose*

bathrobe – *Bademantel*
bathroom – *Badezimmer*
battery – *Batterie*
bay – *Bucht*
beach – *Strand*
beans – *Bohnen*
beard – *Bart*
beautiful – *schön*
bed – *Bett*
beech – *Buche*
beef – *Rindfleisch*
beer – *Bier*
beetroot – *Rote Bete*
beige – *beige*
bell – *Klingel*
bend – *Kurve*
best rib – *Ochsenkotelett*
beverages – *Getränke*
bicycle with ten gears – *Zehngangrad*
bicycle with three gears – *Dreigangrad*
bill, (Am.:) check – *Rechnung*
birch – *Birke*
bird of prey – *Raubvogel*
bird sanctuary – *Vogelschutzgebiet*
birds – *Vögel*
black – *schwarz*
black pudding – *Blutwürstchen*
black-and-white-film – *Schwarzweißfilm*
bladder – *Blase*
blanket – *Decke*
blazer – *Blazer*
bleeding – *Blutung*
blister – *Blase (am Fuß)*
blouse – *Bluse*
blue – *blau*
body – *Karosserie*
bog – *Sumpf*
boiled – *gekocht*
bone – *Knochen*
bonnet – *Motorhaube*
book shop – *Buchhandlung*
booking – *Buchung*
books – *Bücher*
boot – *Kofferraum*
boot lid – *Heckklappe*
boots – *Stiefel*
boring – *langweilig*
botanical gardens – *Botanischer Garten*
bottle opener – *Flaschenöffner*
bottom bracket bearing – *Tretlager*
bow – *Bug*
box – *Loge (Theater)*
boyfriend – *Freund (= Lebensgefährte)*
bra – *BH*
braising – *Schmoren*
brake – *Brem(spedal)*
brake cable – *Bremszug*
brake fluid – *Bremsflüssigkeit*
brake lining – *Bremsbelag*
bramble – *Brombeeren*
brazil nut – *Paranüsse*
bread – *Brot*
bread roll – *Brötchen*
breakfast – *Frühstück*
breast – *Brust*
brick – *Ziegel*
bridge – *Brücke*
brochure – *Broschüre*
bronchi – *Bronchien*
bronchitis – *Bronchitis*
bronze – *Bronze*
broth – *Brühe*
brother – *Bruder*
brown – *braun*
bruise – *blauer Fleck, Bluterguß*
brush – *Pinsel*
Brussels sprouts – *Rosenkohl*
building – *Gebäude*
bumper – *Stoßstange*
bunch – *Bund*
buns – *Hefegebäck*
burn – *Verbrennung*
bus – *Bus*
bus terminal – *Busbahnhof*
bush – *Strauch*
butcher – *Metzger*
butter – *Butter*
button – *Knopf*
buttress – *Strebe*
by-pass – *Ortsumgehung*

## C

cabbage – *Kohl*
cable – *Kabel*

cafeteria – *Selbstbedienungsrestaurant*
cake – *Kuchen*
calf – *Wade*
calliper brake – *Felgen-Bremse*
camping bus – *Camping-Bus*
campsite – *Campingplatz*
camshaft – *Nockenwelle*
can opener – *Dosenöffner*
canal – *Kanal*
cancelled – *annulliert*
canoe – *Kanu*
canoeing – *Kanusport*
cap – *Mütze*
capers – *Kapern*
capital – *Kapitell*
capsules – *Kapseln*
car – *Auto*
car door – *Autotür*
car hire, (Am.:) car rental – *Autovermietung*
car radio – *Autoradio*
car sleeper – *Autoreisezug*
car wash – *Autowaschanlage*
caravan – *Caravan*
carburettor – *Vergaser*
Carnival – *Karneval*
carp – *Karpfen*
carriage – *Wagen*
carriage number – *Wagennummer (Zug)*
carrier – *Gepäckträger*
carrots – *Möhren*
cartridge film – *Film-Kassette*
cash – *Bargeld*
cash desk – *Kasse*
castle – *Schloß, Burg*
cauliflower – *Blumenkohl*
cave – *Grotte, Höhle*
celery – *Sellerie*
cemetery – *Friedhof*
centigrade – *Grad Celsius*
centre – *Mitte*
century – *Jahrhundert*
ceramics – *Keramik*
chain – *Kette*
chain guard – *Kettenschutz*
chair lift – *Sessellift*
chambermaid – *Zimmermädchen*
changeable – *wechselhaft*
changing rooms/ cubicles – *Umkleidekabinen*
chapel – *Kapelle*
charcoal – *Grillkohle*
charges – *Gebühren*
chassis – *Fahrgestell*
check of tickets – *Fahrkartenkontrolle*
Cheers! – *Prost, Zum Wohl!*
cheese – *Käse*
chemist's – *Apotheke*
cheque – *Scheck*
cheque card – *Scheckkarte*
chequered – *kariert*
cherries – *Kirschen*
chervil – *Kerbel*
chick-pea – *Kichererbsen*
chicken – *Hähnchen*
chickenpox – *Windpocken*
chicory, (Am.:) endive – *Chicorée*
children – *Kinder*
children's wear – *Kinderkleidung*
china ware – *Porzellan*
chips – *Pommes frites*
chisel – *Meißel*
chives – *Schnittlauch*
chocolate – *Schokolade*
choir – *Chor*
Christmas, X-mas – *Weihnachten*
church – *Kirche*
churchyard – *Friedhof*
cider – *Apfelwein*
cigar – *Zigarre*
cigarettes – *Zigaretten*
cinema – *Kino*
citizenship – *Staatsangehörigkeit*
classicism – *Klassizismus*
clay – *Ton*
cleaning solution – *Reinigungslösung*
cliff – *Klippe*
climate – *Klima*
cloakroom – *Garderobe*
cloister – *Kreuzgang*
closed – *geschlossen*
clotted cream – *extra dicke süße Sahne*
cloudy – *bedeckt*
clutch – *Kupplung(spedal)*
coach – *Überlandbus*
coaster brake – *Rücktrittbremse*

coat – *Mantel*
cockles – *Herzmuscheln*
coconut – *Kokosnuß*
cod – *Kabeljau*
coffee – *Kaffee*
cold – *Erkältung, kalt*
coleslaw – *Weißkohlsalat*
collar – *Kragen*
colour – *Farbe*
coloured – *bunt*
coloured – *farbig*
comb – *Kamm*
commission – *Umtauschgebühren*
compartment – *Abteil*
complaint – *Reklamation*
comprehensive insurance – *Vollkasko*
compress – *Kompresse*
concert – *Konzert*
concussion – *Gehirnerschütterung*
conditioner – *Festiger*
condoms – *Präservative*
confectionery – *Konditorei*
connecting flight – *Anschlußflug*
constipation – *Verstopfung*
consulting hours – *Sprechstunde*
contact lenses – *Kontaktlinsen, weiche, harte*
contusion – *Prellung*
cooked – *gekocht*
cooker – *Kocher*
cookies – *Kekse*
cooking – *Kochen*
cooking place – *Kochstelle*
coolant hose – *Kühlmittelschlauch*
corkscrew – *Korkenzieher*
corn – *Hühnerauge*
Cornish pasty – *mit Gemüse und Fleisch gefüllte Pastete*
corridor – *Gang*
cotton – *Baumwolle*
cotton wool – *Watte*
couchette-coach – *Liegewagen*
cough – *Husten*
cough remedy – *Hustenmittel*
cough syrup – *Hustensaft*
country code – *Ländervorwahl*
crab – *Krabbe*
cramp – *(Waden)Krampf*
crankshaft – *Kurbelwelle*
crazy golf – *Minigolf*
cream – *Sahne*
cream cake – *Sahnetorte*
cream tea – *eine Kanne Tee, zu der Pralinen und Kleingebäck gereicht werden*
credit card – *Kreditkarte*
crockery – *Geschirr*
cross – *Kreuz*
crossing – *Vierung*
crosspoint screwdriver – *Kreuzschlitzschraubenzieher*
cruise – *Kreuzfahrt*
crustacea – *Schalentiere*
crypt – *Krypta*
cucumber – *Gurke (Salat-)*
cul de sac – *Sackgasse*
cup – *Tasse*
curd cheese – *Quark*
curlers – *Lockenwickler*
black, red currants – *schwarze, rote Johannisbeeren*
currency – *Währung*
cushion – *Kopfkissen*
custard – *Vanillesauce*
customs – *Zoll*
customs' officer – *Zoll-Beamter*
cutlery – *Besteck*
cutlet, chop – *Kotelett*
cycle track – *Fahrradweg*
cycling – *Radfahren*
cyclist – *Fahrradfahrer*
cypress – *Zypresse*
cystitis – *Blasenkatarrh*

## D

dairy shop – *Milchgeschäft*
damage – *Schaden*
dandruff – *(Kopf-)Schuppen*
danger – *Gefahr*
dark – *dunkel*
darning – *Stopfen (Strümpfe usw.)*
dashboard – *Armaturenbrett*
date – *Datum*
dates – *Datteln*
December – *Dezember*
deck chair – *Liegestuhl*
deep fried – *fritiert*

deer – *Rotwild*
degree – *Grad*
delay – *Verspätung*
delikatessen – *Feinkostgeschäft*
dentist – *Zahnarzt*
denture – *Zahnersatz*
deodorant – *Deodorant*
department store – *Kaufhaus*
departure time – *Abfahrtszeit*
deposit – *Kaution*
dermatologist – *Hautarzt*
desert – *Wüste*
dessert – *Nachspeise*
detour – *Umweg*
diabetic – *Diabetiker*
diarrhea – *Durchfall*
diesel – *Diesel*
dill – *Dill*
dimmer switch – *Abblendschalter*
dining-car – *Speisewagen*
discoteque – *Diskothek*
dish – *Gericht*
dish cloth – *Spüllappen*
dish washing liquid – *Spülmittel*
diversion – *Umleitung*
diving – *Tauchen*
dizzy – *schwindlig*
dock – *anlegen, Anlegeplatz*
doctor – *Arzt*
dolmen – *Hünengrab*
dome – *Kuppel*
door handle – *Türgriff*
door lock – *Türschloß*
dormitory – *Schlafsaal*
dotted – *mit Punkten*
double (room) – *Doppelzimmer*
double/dual carriageway – *vierspurig*
doughnut – *Berliner (Gebäck)*
dove – *Taube*
dozen – *Dutzend*
drain – *Abfluß*
drawers – *Unterhose*
dress – *Kleid*
dressing – *Verband*
dried – *getrocknet*
drill – *Bohrer*
drinking water – *Trinkwasser*
drive – *fahren (Auto)*
driver's seat – *Fahrersitz*
driving licence (Am.: driver's licence) – *Führerschein*
drizzle – *Niesel*
drops – *Tropfen*
drugstore – *Drogerie*
drying hood – *Trockenhaube*
duck – *Ente*
dune – *Düne*
duration of hire – *Mietdauer*
during – *während*
dustbin liner – *Abfallbeutel*
duty – *Zollgebühren*

## E

ear – *Ohr*
singing in the ears – *Ohrensausen*
ear nose and throat specialist – *Hals-, Nasen-, -Ohrenarzt*
east – *Osten*
Easter – *Ostern*
eel – *Aal*
fried egg – *Spiegelei*
Scotch egg – *hartgekochtes Ei im Teigmantel*
scrambled eggs – *Rühreier*
eggs – *Eier*
elastic – *Gummiband*
elbow – *Ellenbogen*
electric drill – *Bohrmaschine*
electric shaver – *Rasierapparat (elektrisch)*
electrical goods shop – *Elektrogeschäft*
elm – *Ulme*
embark – *an Bord gehen*
emergency – *Notfall*
engaged – *besetzt*
engraving – *Kupferstich*
enquiries – *Auskunft*
entrance fee – *Eintrittsgeld*
entry – *Eingang*
escalator – *Rolltreppe*
estate – *Anwesen*
evening – *Abend*
evening box office – *Abendkasse*
evening meal – *Abendessen*
excavations – *Ausgrabungen*
exchange rate – *Wechselkurs*

exclusion of liability – *Haftungsausschluß*
excuse me – *entschuldigen Sie bitte*
exhaust pipe – *Auspuff*
exhibition – *Ausstellung*
exit – *Ausfahrt*
explain – *erklären*
exposure meter – *Belichtungsmesser*
express bus – *Expressbus*
express letter – *Eilbrief*
express train – *Expresszug*
eye – *Auge*
eye lid – *Augenlid*
eye specialist – *Augenarzt*
eyebrows – *Augenbrauen*

## F

face flannel, (Am.:) washcloth – *Waschlappen*
factory – *Fabrik*
faggot – *Frikadelle aus Innereien (Leber, Lunge etc.)*
faint – *Ohnmacht*
fan – *Gebläse*
far – *weit*
fat – *fett*
February – *Februar*
fennel – *Fenchel*
(car) ferry – *(Auto)Fähre*
fever, temperature – *Fieber*
a few – *ein paar, einige*
field – *Feld*
figs – *Feigen*
fillet – *Filet*
filling – *Plombe (Zahn)*
filling station – *Tankstelle*
film for colour prints – *Farbbilderfilm*
film for slides – *Diafilm*
film speed – *Filmempfindlichkeit*
finger – *Finger*
first – *erster*
first aid kit – *Verbandskasten*
fish – *Fisch*
fishing permit – *Angelerlaubnis*
fishing rod – *Angel*
fishing-line – *Angelschnur*
flashing indicator – *Blinker*
flashlight – *Blitzlicht*
flight number – *Flugnummer*
flight schedule – *Flugplan*
flight time – *Flugzeit*
flour – *Mehl*
flu – *Grippe*
flush toilet – *WC*
fog – *Nebel*
folding rule – *Zollstock*
font – *Taufbecken*
food – *Lebensmittel*
food allergy – *Lebensmittelallergie*
food poisoning – *Lebensmittelvergiftung*
foot – *Fuß*
football, (Am.:) soccer – *Fußball*
fork – *Gabel*
form – *Formular*
four wheel drive – *Allradantrieb*
fowl – *Geflügel*
frame – *Rahmen*
fresh – *frisch*
Friday – *Freitag*
fried – *gebraten*
fringe, (Am.:) bangs – *Pony (Frisur)*
frog – *Frosch*
at the front – *vorn*
front lamp – *Vorderlicht*
front wheel – *Vorderrad*
front wheel drive (FWD) – *Vorderradantrieb*
fruit – *Obst*
fruit pie – *Obstkuchen*
frying – *Braten*
fuel cap – *Tankverschluß*
fuel filler neck – *Tankeinfüllstutzen*
fuel gauge – *Benzinstandsanzeiger*
full beard – *Vollbart*
full board – *Vollpension*
full beam – *Fernlicht*
furniture – *Möbel*
fuse – *Sicherung*

## G

gallery – *Empore, Galerie*
game – *Wild*
gammon – *Schinken*
garbage bin – *Abfalleimer*
garden – *Garten*
gargoyle – *Wasserspeier*
garlic – *Knoblauch*

gear – *Gang (Auto usw.)*
gear lever – *Schalthebel*
gear shift – *Gangschaltung*
gearbox – *Getriebe*
German measles – *Röteln*
Germany – *Deutschland*
gherkins – *Gurken (eingelegte)*
girlfriend – *Freundin (= Lebensgefährtin)*
glacier – *Gletscher*
glass – *Glas*
glasses – *Brille*
gliding – *Segelfliegen*
glove box – *Handschuhfach*
gloves – *Handschuhe*
glue – *Leim*
goat – *Ziege*
golf club – *Golfschläger*
golf course – *Golfplatz*
Good Friday – *Karfreitag*
goose – *Gans*
gothic – *Gotik*
grapefruit – *Pampelmuse*
grapes – *Weintrauben*
gravel – *Kies*
grease – *Kettenfett*
green – *grün*
greengrocer – *Gemüse, Obsthändler*
grey, gray – *grau*
grilling – *Grillen*
grocery – *Lebensmittel*
ground – *gemahlen*
ground floor – *Erdgeschoß*
guided tour – *Führung*
gynaecologist – *Frauenarzt*

## H

haberdashery – *Kurzwaren*
haddock – *Schellfisch*
hair – *Haar(e)*
hairbrush – *Haarbürste*
haircut – *Haarschnitt*
hairdresser – *Frisör*
hairdrier – *Fön*
half board – *Halbpension*
half-timber – *Fachwerk*
ham sandwich – *Schinkenbrot*
hammer – *Hammer*
hand – *Hand*
handball – *Handball*
handkerchief – *Taschentuch*
handlebar – *Lenker*
hang-gliding – *Drachenfliegen*
harbour – *Hafen*
hare – *Hase*
hat – *Hut*
hay fever – *Heuschnupfen*
hazard warning lights – *Warnblinkanlage*
haze – *Dunst*
hazelnuts – *Haselnüsse*
headache – *Kopfschmerzen*
headrest – *Kopfstütze*
healthy – *gesund*
heart – *Herz*
heat stroke – *Hitzschlag*
heating – *Heizung*
heel – *Absatz*
helmet – *Helm*
help – *Hilfe*
here you are – *bitte sehr (wenn man etwas überreicht)*
herring – *Hering (Fisch)*
hexagonal socket head key – *Inbusschlüssel*
high tide – *Flut*
hill – *Hügel*
holiday – *Feiertag*
holidays – *Ferien*
honeydew melon – *Honigmelone*
horn – *Horn, Hupe*
horse-chestnut – *Roßkastanie*
horse-riding – *Reiten*
horseradish – *Meerrettich*
hospital – *Krankenhaus*
household goods – *Haushaltswaren*
hub – *Nabe*
hunger – *Hunger*
hunting – *Jagen*
husband – *Ehemann*

## I

ice – *Glatteis*
ice cream – *Eis*
identity card – *Ausweis*
ignition – *Zündung*
ignition switch – *Zündschloß*

ill – *krank*
illness – *Krankheit*
indoor swimming-pool – *Hallenbad*
inflammation – *Entzündung*
inflammation of the middle ear – *Mittelohrentzündung*
information – *Auskunft*
injured (persons) – *Verletzte*
inn – *Gasthaus*
insects – *Insekten*
interesting – *interessant*
interference – *Störung*
intestine – *Darm*
ironmonger, (Am.:) hardware – *Eisenwaren*
ivory – *Elfenbein*
IYF member card – *Jugendherbergsausweis*

## J

(screw) jack – *Wagenheber*
jacket – *Jacke, Sakko*
jam – *Marmelade*
January – *Januar*
jaundice – *Gelbsucht*
jeans – *Jeans*
jeep – *Geländewagen*
jellyfish – *Qualle*
jeweller – *Juwelier*
juice – *Saft*
July – *Juli*
jump lead – *Starthilfekabel*
junction – *Kreuzung*
June – *Juni*

## K

key – *Schlüssel*
kidney – *Niere*
kitchen – *Küche*
knee – *Knie*
knife – *Messer*

## L

ladies' wear – *Damenbekleidung*
lady's bicycle – *Damenrad*
lagoon – *Lagune*
lake – *See*
lamb – *Lamm*
landscape – *Landschaft*
lane – *Spur, Gasse*
large – *groß*
larynx – *Kehlkopf*
lashing cord – *Packriemen*
launderette – *Waschsalon*
laundry – *Waschküche*
lava – *Lava*
lavatory – *Waschraum*
layered cut – *Stufenschnitt*
lead – *Blei*
leather – *Leder*
leek – *Lauch, Porree*
left – *links*
left luggage locker – *Gepäck-Schließfach*
leg – *Keule*
lemon – *Zitrone*
lemonade – *Limonade*
lens – *Objektiv*
lens cap – *Objektivdeckel*
lentils – *Linsen*
less – *weniger*
letter – *Brief*
letter box – *Briefkasten*
lettuce – *Kopfsalat*
level crossing – *Bahnübergang*
library – *Bibliothek*
licensed – *Alkoholausschank*
life belt – *Rettungsring*
life boat – *Rettungsboot*
life jacket – *Schwimmweste*
lift – *Aufzug, Fahrstuhl*
light – *hell, Licht*
light bulb – *Glühbirne*
lighter – *Feuerzeug*
lighthouse – *Leuchtturm*
lilac – *lila*
line – *Leitung (Telefon)*
lingerie – *(Damen-)Wäscheabteilung*
liver – *Leber*
lizard – *Eidechse*
lobster – *Hummer*
local call – *Ortsgespräch*
local train – *Nahverkehrszug*
lock – *Schloß*
loose chippings – *Rollsplitt*
lorry – *LKW*
low beam – *Abblendlicht*

low tide – *Ebbe*
luggage – *Gepäck*
luggage counter – *Gepäckschalter*
lumbago – *Hexenschuß*
lunch – *Mittagessen*
lung – *Lunge*

## M

mace – *Macis*
mackerel – *Makrele*
magazine – *Zeitschrift*
maiden name – *Geburtsname (Mädchenname)*
main dish – *Hauptspeise*
main road – *Schnellstraße*
maize, (Am.:) corn – *Mais*
make-up – *Schminken*
malaria – *Malaria*
malt – *Malz*
man's bicycle – *Herrenrad*
mangling – *Mangeln (Wäsche)*
manicure – *Maniküre*
manor house – *Herrenhaus*
maple – *Ahorn*
marble – *Marmor*
March – *März*
marjoram – *Majoran, Oregano*
market – *Markt*
marmelade – *Orangenmarmelade*
mashed potatoes – *Kartoffelbrei*
mask – *Maske*
massage – *Massage*
massif – *Gebirgsmassiv*
matches – *Zündhölzer*
material – *Material, Stoff*
May – *Mai*
mayonnaise – *Mayonnaise*
meadow – *Wiese*
measles – *Masern*
measuring tape – *Maßband*
meat – *Fleisch*
medical insurance – *Krankenversicherung*
Mediterranean Sea – *Mittelmeer*
medium – *halb durch (Steak)*
melon – *Melone*
men's wear – *Herrenbekleidung*
mend – *flicken*
menstruation – *Periode (Menstruation)*
menu – *Speisekarte*
methylated spirit – *Spiritus*
Middle Ages – *Mittelalter*
migraine – *Migräne*
milk – *Milch*
minced meat – *Hackfleisch*
mint – *Minze*
mirror – *Spiegel*
mittens – *(Faust)-Handschuhe*
mobile home – *Wohnmobil, Bus*
moderate wind – *Wind, schwacher*
Monday – *Montag*
moor – *Moor*
moped, motorized bicycle – *Mofa*
more – *mehr*
in the morning – *vormittags*
mosaic – *Mosaik*
mosque – *Moschee*
mosquito – *Mücke*
motorcycle – *Motorrad*
motoring – *Motorsport*
motorway – *Autobahn*
mouldy – *schimmelig*
mountain – *Berg*
mountain range – *Gebirge*
mountain-bike – *Mountainbike*
mountaineering – *Bergsteigen*
moustache – *Schnauzbart*
mudflats – *Watt*
mudguard – *Schutzblech*
multistorey car park – *Parkhaus*
mumps – *Mumps*
museum – *Museum*
mushrooms – *Pilze*
mussels – *Miesmuscheln*
mustard – *Senf*
mutton – *Hammelfleisch*

## N

nail – *Nagel*
nailfile – *Nagelfeile*
name – *Name*
nappies – *Windeln*
nature reserve – *Naturschutzgebiet*
nausea – *Übelkeit*
nave – *Langhaus*
near – *nah*

neck – *Hals*
need – *brauchen*
neuralgia – *Nervenschmerzen*
New Year – *Neujahr*
New Year's Eve – *Silvester*
newsagent – *Zeitungshändler*
next week – *nächste Woche*
nice – *nett (von Menschen)*
at night – *nachts*
night – *Nacht*
nightgown – *Nachthemd*
no – *nein*
noisy – *laut*
noodles – *Nudeln*
at noon – *mittags*
noon – *Mittag*
north – *Norden*
nose – *Nase*
nose bleeding – *Nasenbluten*
November – *November*
nozzle – *Zapfpistole*
nut – *Nuß, Mutter (Schraube)*
nutmeg – *Muskatnuß*

## O

o'clock – *ein Uhr (Uhrzeit)*
oak – *Eiche*
observatory – *Observatorium*
October – *Oktober*
oesophagus – *Speiseröhre*
oil – *Öl*
oil sump – *ölwanne*
ointment – *Salbe*
olives – *Oliven*
omelette – *Omelette*
once – *einmal*
one way – *Einbahnstraße*
onions – *Zwiebeln*
open – *geöffnet*
opening hours – *Öffnungszeiten*
operator – *Vermittlung*
optician – *Optiker*
orange – *Apfelsine*
orthopaedic surgeon – *Orthopäde*
outdoor swimming-pool – *Freibad*
overexposed – *überbelichtet*
overtaking – *überholen*
oysters – *Austern*

## P

pacemaker – *Herzschrittmacher*
package – *Paket (großes)*
packet – *Paket (kleines)*
paediatrician – *Kinderarzt*
painrelieving drug – *Schmerzmittel*
painting – *Gemälde*
pancake – *Pfannkuchen*
pannier bag – *Packtasche*
panorama – *Panorama*
(news)paper – *Zeitung*
parachuting – *Fallschirmspringen*
paraffin – *Petroleum*
parcel, (Am.:) package – *Paket*
Pardon (I beg your pardon.) – *Entschuldigung*
parents – *Eltern*
no parking – *Parkverbot*
parking brake, handbrake – *Handbremse*
parking disc – *Parkscheibe*
(parking) meter – *Parkuhr*
parsley – *Petersilie*
passenger seat – *Beifahrersitz*
passport – *Paß*
pasty – *Pastete*
patent valve – *Blitzventil*
paté de foie gras – *Gänseleberpastete*
paying in form – *Zahlkarte*
payphone – *Münzfernsprecher*
peach – *Pfirsich*
peanuts – *Erdnüsse*
pear – *Birne*
peas – *Erbsen*
pedal – *Pedale*
pedal boat – *Tretboot*
pedicure – *Pediküre*
pepper – *Pfeffer*
green pepper – *grüner Paprika*
red pepper – *roter Paprika*
performance – *Aufführung*
perm(anent wave) – *Dauerwelle*
petrol (two star), (Am.:) gas – *Benzin*
petrol pump – *Zapfsäule*
petrol station, (Am.:) gas station – *Tankstelle*
pharmacy – *Apotheke*
pheasant – *Fasan*

phone booth – *Telefonzelle*
photography – *Fotogeschäft*
pickles – *in Malzessig eingelegtes süß-saures Gemüse*
picture – *Film*
piece of (cake) – *Stück (Kuchen)*
pike – *Hecht*
pillar – *Pfeiler*
pincers – *Kneifzange*
pine – *Kiefer*
pineapple – *Ananas*
pink – *rosa*
pipe wrench – *Wasserrohrzange*
plaice – *Scholle*
plane tree – *Platane*
plastercast – *Gipsverband*
plate – *Teller*
platform – *Bahnsteig*
please – *Bitte*
pliers – *Zange*
ploughman's lunch – *Käsewürfel mit süß-sauer eingelegtem Gemüse*
(sparking) plug – *Zündkerze*
plug – *Stecker*
plum – *Pflaume*
pocket – *Tasche (in der Kleidung)*
police – *Polizei*
pond – *Teich*
poplar – *Pappel*
porch – *Portal*
pork – *Schweinefleisch*
post office – *Postamt*
postal order – *Pstanweisung*
postcard – *Postkarte*
poste restante, (Am.:) general delivery – *postlagernd*
pot – *Kännchen*
pot-holes – *Schlaglöcher*
potatoes – *Kartoffeln*
potted crab – *im Ofen in Butter und mit feinen Gewürzen (Muskat) gebackenes Krabbenfleisch*
pound (lb) – *Pfund*
powder – *Puder*
prawns – *Garnelen*
pregnant – *schwanger*
prescription – *Rezept*
presents – *Geschenkartikel*
pressing – *Bügeln*
pressure gauge – *Luftdruckmesser*
print – *Abzug (Foto), Druck*
private accommodation – *Privatzimmer*
profession – *Beruf*
programme – *Programmheft (Theater)*
promontory – *Felsvorsprung*
propellor – *Luftgebläse*
pub – *Kneipe*
pulled muscle – *Muskelzerrung*
pulled tendon – *Sehnenzerrung*
pump – *Luftpumpe*
pumpkin – *Kürbis*
puncture – *Plattfuß*
puncture repair kit – *Flickzeug*
purser – *Zahlmeister*
pyjamas, (Am.:) pajamas – *Schlafanzug*

## Q

quai – *Kai*
quail – *Wachtel*
quarry – *Steinbruch*
quicksand – *Treibsand*
quietly situated – *ruhig gelegen*
quince – *Quitte*

## R

rabbit – *Kaninchen*
rack – *Gepäcknetz*
radiator – *Kühler*
radiator grille – *Kühlergrill*
radio – *Radio*
radish – *Rettich*
rain – *Regen*
rainbow trout – *Regenbogenforelle*
raincape – *Regencape*
raincoat – *Regenmantel*
rainjacket – *Regenjacke*
raisin – *Rosinen*
rapid – *Stromschnelle*
rapid river canoeing – *Wildwasserkanusport*
rare – *kaum durch (Steak)*
rash – *Ausschlag*
raspberries – *Himbeeren*
rather ... than – *lieber ... als*
ravine – *Schlucht*
raw – *roh*

razor – *Rasierapparat*
razor blades – *Rasierklingen*
rear fog lamp – *Nebelschlußleuchte*
rear lamp – *Rücklicht*
rear wheel – *Hinterrad*
rear wheel drive – *Hinterradantrieb*
rear window – *Heckscheibe*
receipt – *Quittung*
receiver – *Hörer*
reception – *Rezeption*
red – *rot*
reed – *Schilf*
refill the cooling water – *Kühlwasser nachfüllen*
reflector – *Reflektor*
registered letter – *Einschreiben*
remedy – *(Heil-)Mittel*
remove the stain – *Fleck entfernen*
renaissance – *Renaissance*
repair shop – *Werkstatt*
repertoire – *Programm (Theater)*
reservation – *Reservierung*
reservoir – *Stausee*
return flight – *Rückflug*
return ticket – *Rückfahrkarte*
reversed charges, (Am.:) collect call – *R-Gespräch*
revolution counter – *Drehzahlmesser*
rib – *Rippe*
rice – *Reis*
riding-stable – *Reitstall*
right – *rechts*
rim – *Felge*
river – *Fluß*
rivet – *Niete*
road – *Straße*
road narrows – *Engpaß*
road works – *Bauarbeiten*
rock – *Felsen*
rock paintings – *Felsmalereien*
rocky – *felsig*
roe – *Rogen*
roll film – *Rollfilm*
rolled oats – *Haferflocken*
roof – *Dach*
rosemary – *Rosmarin*
rotten – *faul, verdorben*
roundabout – *Kreisverkehr*
row – *Reihe*
rowing boat – *Ruderboot*
ruin – *Ruine*
rump steak – *Rumpsteak*
runner beans – *Bohnen, Stangen-*
rye – *Roggen*

## S

saddle – *Sattel*
safety pin – *Sicherheitsnadel*
saffron – *Safran*
sage – *Salbei*
sailing – *Segeln*
sailing boat – *Segelboot*
salmon – *Lachs*
salt – *Salz*
sand – *Sand*
sandals – *Sandalen*
sandbank – *Sandbank*
sandpaper – *Schleifpapier*
sandwich – *belegtes Toast*
sandy – *sandig*
sanitary towels – *Damenbinden*
sarcophagus – *Sarkophag*
Saturday – *Samstag, Sonnabend*
sausage – *Wurst, Würstchen*
saw – *Säge*
scallops – *Kammuscheln*
scarf – *Halstuch, Schal*
school – *Schule*
sciatica – *Ischias*
scissors – *Schere*
scones – *Rosinenbrötchen*
scooter – *Motorroller*
scorpion – *Skorpion*
scouring agent – *Scheuermittel*
screw – *Schraube*
screwdriver – *Schraubenzieher*
sculpture – *Plastik, Skulptur*
sea – *Meer*
sea angling – *Hochseefischen*
sea-urchin – *Seeigel*
seafood – *Meeresfrüchte*
seafood, fishmonger's – *Fischgeschäft*
seagull – *Möwe*
seasick – *seekrank*
seat – *Platz*

seat belt, safety belt – *Sicherheitsgurt*
second hand shop – *Trödlerladen*
secondhand book shop – *Antiquariat (Bücher)*
self catering – *Selbstversorgung*
self-service – *Selbstbedienung*
September – *September*
service – *Bedienung*
service station – *Tankstelle*
sewing needle – *Nähnadel*
sewing thread – *Nähgarn*
shallow – *seicht*
shampoo – *Shampoo*
shaving brush – *Rasierpinsel*
shaving soap – *Rasierseife*
shin – *Schienbein*
shirt – *Hemd*
shivering fit – *Schüttelfrost*
shock absorber – *Stoßdämpfer*
shoe shop – *Schuhgeschäft*
shoelace – *Schnürsenkel*
shoes – *Halbschuhe*
shop assistant – *Verkäufer, in*
shopping bag – *Einkaufstüte*
shorts – *Shorts*
shower – *Dusche*
shrimps – *Krabben, kleine Garnelen*
shutter release – *Auslöser*
sick – *übel*
sickness – *Übelkeit*
side aisles – *Seitenschiffe (Kirche)*
side light – *Standlicht*
sideburns, sidewhiskers – *Koteletten*
signal rockets – *Leuchtraketen*
signature – *Unterschrift*
sill – *Sims*
single room – *Einzelzimmer*
sink – *Abspülbecken*
sirloin – *Rumpsteak*
sister – *Schwester*
size – *Größe*
skin – *Haut*
skirt – *Rock*
slate – *Schiefer*
sleeping pill – *Schlafmittel*
sleeping-car – *Schlafwagen*
sleet – *Graupel*
slice – *Scheibe (Wurst, Käse, Brot)*
sliced – *geschnitten (in Scheiben)*
slipover, sleeveless sweater – *Pullunder, ärmelloser Pullover*
slippery road – *Schleudergefahr*
small – *klein*
small parcel – *Päckchen*
smoked – *geräuchert*
smoking, nonsmoking – *Raucher, Nichtraucher*
snails – *Weinbergschnecken*
snake – *Natter, Schlange*
snow – *Schnee*
soap – *Seife*
socks – *Socken*
solarium – *Sonnenstudio*
sole – *Sohle, Seezunge*
sore throat – *Halsweh*
sound – *Sund*
soup – *Suppe*
sour – *sauer*
south – *Süden*
spanner – *Schraubenschlüssel*
spare part – *Ersatzteil*
spare wheel – *Reserverad*
sparerib (Am.) – *Rippchen (beim Schwein)*
spectacles – *Brille*
speed limit – *Geschwindigkeitsbegrenzung*
speedometer – *Tachometer*
spices – *Gewürze*
spin drying – *Schleudern*
spinach – *Spinat*
spokes – *Speichen*
spoon – *Blinker*
sports equipment – *Sportartikel*
sprain – *Verstauchung*
spring – *Frühjahr*
springtide – *Springflut*
spruce – *Fichte*
square – *Platz*
stairs – *Treppen*
stalls – *Parkett*
stamps – *Briefmarken*
stand – *Ständer (Fahrrad)*
starter – *Anlasser*
starter – *Vorspeise*
static air tank – *Luftbehälter*
(railway) station – *Bahnhof*
station restaurant – *Bahnhofsrestaurant*

stationery – *Papierwaren*
statue – *Statue*
steak and kidney pie – *Pastete aus Rindfleisch und Nieren*
steering wheel – *Lenkrad*
stern – *Heck*
stew – *Eintopf*
stockings – *(Damen)Strümpfe*
stomach – *Magen*
stomach ache – *Bauchschmerzen*
stony – *steinig*
stop – *Haltestelle*
storm – *Sturm*
straight on – *geradeaus*
strait – *Meerenge*
strawberries – *Erdbeeren*
stream – *Bach*
striped – *gestreift*
stripping knife – *Spachtel*
strong wind – *Wind, starker*
stuffed – *gefüllt*
sub-aqua diving – *Tauchen*
subscriber number – *Teilnehmer-Nummer*
sugar – *Zucker*
suit – *Kostüm*
summer – *Sommer*
sun – *Sonne*
sun hat – *Sonnenhut*
sunburn – *Sonnenbrand*
Sunday – *Sonntag*
sunglasses – *Sonnenbrille*
sunny – *heiter (Wetter)*
sunny spells – *sonnige Abschnitte*
sunstroke – *Sonnenstich*
suntan lotion – *Sonnenöl*
(un)surfaced – *(un)geteert*
surfboards, surfing equipment – *Surfbretter, Ausrüstung*
surfing – *Surfen*
surgeon – *Chirurg*
surgery – *Behandlungszimmer*
surname – *Familienname*
sweater, jumper – *Pullover*
sweating – *Schwitzen*
sweet – *süß*
sweet chestnut – *Eßkastanie*
sweet pepper – *Paprika, Gemüse-*
sweets – *Süßigkeiten*
swimming – *Schwimmen*
swimming-pool – *Schwimmbad*
switch – *Schalter*
Switzerland – *Schweiz*
synagogue – *Synagoge*

## T

t-shirt – *T-Shirt*
table tennis – *Tischtennis*
tablespoon – *Eßlöffel*
tablets – *Tabletten*
tailor's shop – *Schneiderei*
tampons – *Tampons*
tank – *Tank*
tarragon – *Estragon*
tea – *Tee*
tea room, coffee shop – *Café*
teaspoon – *Teelöffel*
telegraphic remittance – *telegrafische Überweisung*
telephone – *Telefon*
telephone directory – *Telefonbuch*
television – *Fernsehen*
TV, television – *Fernsehgerät*
temperatures – *Temperaturen*
temple – *Tempel*
tennis – *Tennis*
tennis court – *Tennisplatz*
tennis racket – *Tennisschläger*
tent – *Zelt*
tent peg – *(Zelt-)Hering*
tent pole – *Zeltstange*
tetanus – *Tetanus*
thank you, thanks – *danke*
theater – *Theater*
thermometer – *Fieberthermometer*
thirst – *Durst*
thirty – *dreißig*
35-mm film – *Kleinbildfilm*
three – *drei*
throat – *Kehle*
thumb – *Daumen*
thunderstorm – *Gewitter*
Thursday – *Donnerstag*
thyme – *Thymian*
ticket collector – *Schaffner*

tickets – *Fahrkarten*
tie – *Krawatte*
tight – *eng (Kleidung)*
tights – *Strumpfhose*
timetable – *Fahrplan*
tin – *Dose*
tincture – *Tinktur*
tip – *Trinkgeld*
toad – *Kröte*
toad in the hole – *kleine Würstchen im Backteig*
tobacco – *Tabak*
tobacconist's shop – *Tabakladen*
today – *heute*
toes – *Zehen*
toilet paper – *Toilettenpapier*
toilets – *Toiletten*
toll – *Gebühren (Tunnel, Weg, Brücken)*
tomatoes – *Tomaten*
tomorrow – *morgen*
tongue – *Zunge*
tonight – *heute abend*
tonsillitis – *Mandelentzündung*
tool box – *Werkzeugkasten*
tooth – *Zahn*
toothache – *Zahnschmerzen*
toothbrush – *Zahnbürste*
toothpaste – *Zahnpasta*
torch – *Taschenlampe*
torn muscle – *Muskelriß*
toupet – *Toupet*
tourist information– *Touristeninformation*
tow rope – *Abschleppseil*
towel – *Handtuch*
tower – *Turm*
town hall – *Rathaus*
town map – *Stadtplan*
toy shop – *Spielwarenhandlung*
toys – *Spielzeugwaren*
track – *(Feld-)Weg, Piste*
traffic – *Verkehr*
traffic light – *Ampel*
trailer – *Anhänger*
transept – *Querhaus*
transfer – *überweisung*
travelling sickness – *Reisekrankheit*
tree – *Baum*
trousers, (Am.:) pants – *Hose*
trout – *Forelle*
trunk call – *Ferngespräch*
trunk code – *Ortsnetz-Vorwahl*
tube – *Schlauch, Röhre*
Tuesday – *Dienstag*
tumble drier – *Wäschetrockner*
tunny, tuna – *Thunfisch*
turkey – *Pute*
turn signal switch – *Blinkschalter*
turn-up – *Aufschlag (an der Hose)*
twice, two times – *zweimal*
tyre – *Mantel (Reifen)*
tyre pressure – *Reifendruck*
tyre pressure gauge – *Luftdruckmesser*

## U

ugly – *häßlich*
umbrella – *Schirm*
underwear – *Unterwäsche*
unleaded – *bleifrei*
unlimited mileage – *Kilometerpauschale*
until, till – *bis*
usher, usherette – *Platzanweiser, in*

## V

vacancies – *Zimmer frei*
vaccination – *Impfung*
vaccination certificate – *Impfbescheinigung*
valley – *Tal*
valve – *Ventil*
veal – *Kalbfleisch*
vegetables – *Gemüse*
vehicle – *Fahrzeug*
venison – *Reh(fleisch)*
vessel – *Gefäß*
vest – *(Strick-)Jacke, Unterhemd*
viewpoint – *Aussichtspunkt*
vinegar – *Essig*
visa – *Visum*
volcano – *Vulkan*
volley-ball – *Volleyball*
vomiting – *Erbrechen*

## W

waistcoat – *Weste*
waiter – *Kellner*
waiting room – *Wartesaal, Wartezimmer*

walking – *Wandern*
wall – *Mauer*
walnuts – *Walnüsse*
warm – *warm*
warning light – *Kontrolleuchte*
washer – *Unterlegscheibe*
washing – *Waschen*
washing machine – *Waschmaschine*
washing powder – *Waschmittel*
watch – *(Armband-)Uhr*
watchmaker – *Uhrmacher*
water – *Wasser*
water tank – *Wasserkanister*
waterfall – *Wasserfall*
waterskiing – *Wasserski*
weather forecast – *Wetterbericht*
Wednesday – *Mittwoch*
week – *Woche*
weeping willow – *Trauerweide*
well done – *durchgebraten (Steak)*
wellingtons (Brit.), gum boots – *Gummistiefel*
west – *Westen*
wet – *naß*
wheat – *Weizen*
wheel – *Rad*
whelks – *Wellhornschnecken*
whipped cream – *Sahne, süße Schlag-*
whiskers – *Backenbart*
white – *weiß*
white cabbage – *Weißkohl*
white pudding – *Weißwürstchen*
whiting – *Wittling, Merlan*
Whitsun – *Pfingsten*
wife – *Ehefrau*
wig – *Perücke*
wild boar – *Wildschwein*
willow – *Weide*
windbreak – *Windschutzsegel*
window – *Fenster*
window-seat – *Fensterplatz*
windpipe – *Luftröhre*
windscreen – *Windschutzscheibe*
windscreen wiper – *Scheibenwischer*
windsurfing – *Surfen*
wine – *Wein*
wine shop – *Weinhandlung*
wing – *Kotflügel*
winter – *Winter*
wire – *Draht*
with – *mit*
without – *ohne*
witness – *Zeuge*
wood – *Holz*
wool – *Wolle*
wound – *Wunde*
wrist – *Handgelenk*
writing paper – *Briefpapier*

## Y

yaourt, yoghurt – *Joghurt*
year – *Jahr*
yellow – *gelb*
yellow pages – *Branchentelefonbuch*
yes – *Ja*
yesterday – *gestern*
Yorkshire pudding – *Eiergericht, das schmeckt und aussieht wie Brot*
youth hostel – *Jugendherberge*

## Z

zip(per) – *Reißverschluß*
zoo(logical garden) – *Zoo*